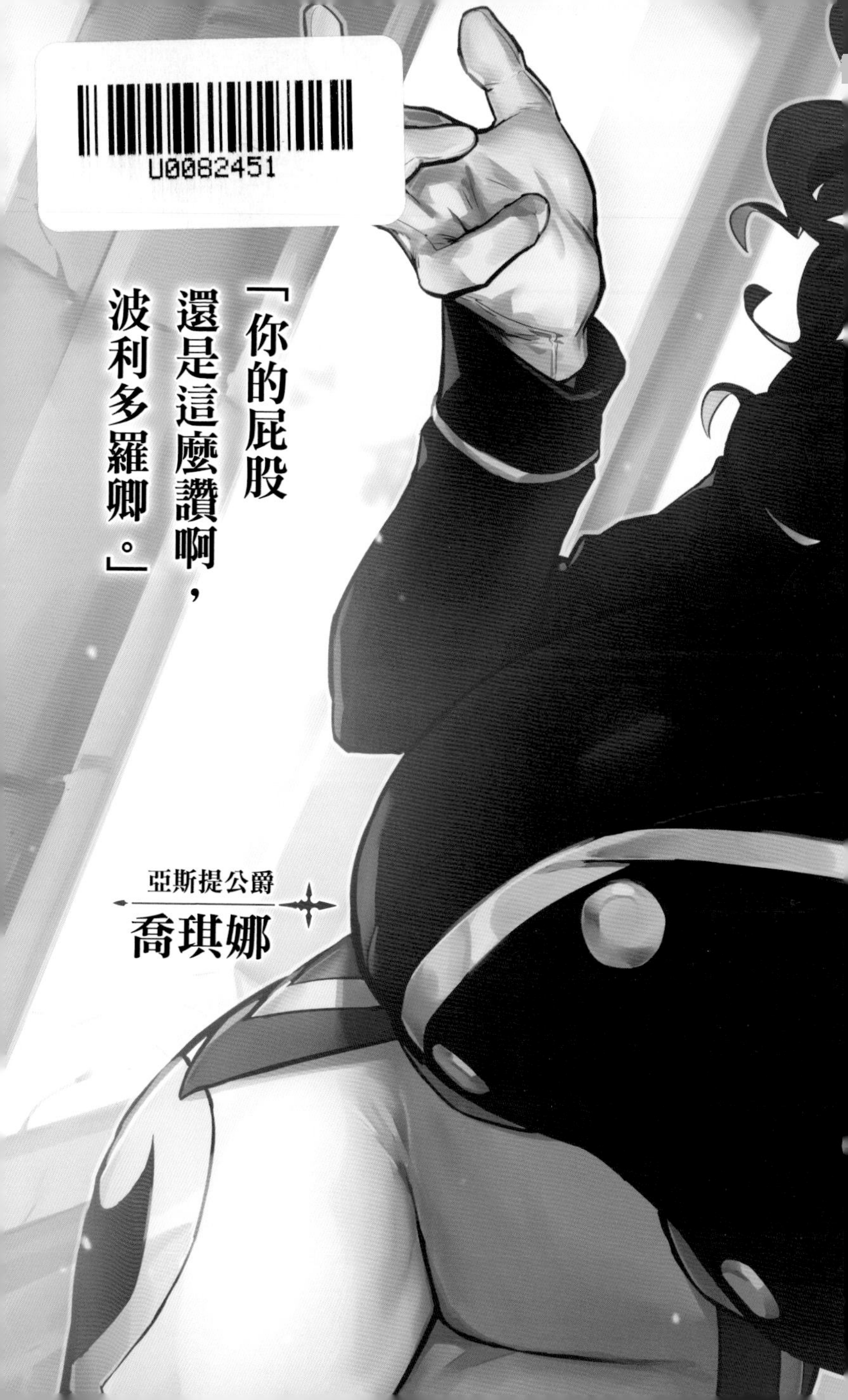
U0082451
「你的屁股
還是這麼讚啊，
波利多羅卿。」
亞斯提公爵
喬琪娜

「就算是我也有一個
絕對無法退讓的事物。」

「妳指的……是什麼？」

Virgin Knight who is the Frontier Lord in the Gender Switched World

1

Virgin Knight
who is the Frontier Lord
in the Gender Switched World

- Author -
道造
- Illustrator -
めろん22

Kadokawa Fantastic Novels

第0話 安哈特王國頒贈的褒狀

先前那場戰事，真是太精采了。首先為此稱讚吧。

這封信的用意是說明接下來要給你的東西，務必仔細讀到最後。

言歸正傳——您想必也聽聞了流傳於民間的「維廉多夫戰役」之名。

那麼應該能夠輕易猜到吧。

這裡指的是我本人與表妹亞斯提公爵為了保衛國土，以及執行軍務的您恰巧逗留於附近的要塞，因而參與的那場戰事。

位在蠻族維廉多夫與我國安哈特王國的國境。

先前那場由蠻族發起的戰事，依照世俗的吟遊詩人所述，似乎被取了這般名號。

那場戰事真是悽慘。

不分騎士或兵卒，死神的鐮刀彷彿架在每個人的脖子上。

我確實受過王族的教育，但是由於初次上陣，不諳戰場上的種種，給您造成了麻煩。

由於動員亞斯提公爵家的常備軍，召集了五百名士兵，但終究還是不夠。

戰場條件實在太差。

現在回憶起來，憑著區區五百人要戰勝千人以上的蠻族，原本就是強人所難。

倘若死守在城裡或許另當別論，既是野外作戰又是初次上陣，實在束手無策。

如今回顧才發現戰況有多惡劣。

我認為就算要將國境線重劃在對蠻族有利的位置，也應該避免此次交戰，吾母莉澤洛特女王陛下也認同我這般意見。

問題在於當時蠻族的總司令，同時也是人稱維廉多夫史上最強的豪傑——雷肯貝兒卿並未顯露任何願意談判的跡象。

別說是在國境線有所妥協，就連在談判桌上全面接受對方的條件都辦不到，如此一來只能一戰。

如您所知，貴族一旦被看輕，下場就是顏面盡失。

只要我方先行讓步，對方也會願意退讓。這個世上並不存在這種不諳世事的蠢貨想像的禮尚往來。

在這個世上，一旦有所退讓，對方只會得寸進尺。

既然雷肯貝兒卿出兵來襲，若是不先挫其威風，就連談判都無從談起。戰事勝敗已被置於度外。

由於您也心知肚明，我才坦承以告。當時我已有所覺悟，十之八九將是我軍敗北，然而只要能保住安哈特王室的面子，即使戰敗也無所謂。

我原本打算早早鳴金收兵。

——話雖如此，之後的發展如您所知。

在這一場維廉多夫戰役，安哈特王國獲勝了。

一切都是拜您所賜。

儘管再怎麼誇獎您都客氣回應，但是如果您不在場，一切都只是空談。

畢竟就是您斬下雷肯貝兒卿的項上人頭。

我在遠離戰場的大本營指揮──雖然身為主將，如此作為實在教人汗顏。

由於無法洞悉雷肯貝兒卿的滲透戰術，大本營當時遭受突襲，因此無法親眼見證您立下顯赫武功的瞬間。

不過亞斯提公爵不斷提起，我的耳朵都快長繭了。

擊退突襲之後，於大本營首次響起的那記報告，至今仍言猶在耳。

「法斯特．馮．波利多羅卿單槍匹馬殺入維廉多夫大本營。對雷肯貝兒卿發起決鬥，廝殺數百回合後驚險獲勝。」

此外戰勝後的判斷也無從挑剔。

聽說您並未汙辱雷肯貝兒卿的名譽，而是小心翼翼拾起您砍下的頭顱，完好無缺地送還給那群蠻族。

那樣就夠了。

假使您斬下首級辱其名譽，就這麼直接返回我軍陣中，維廉多夫那群蠻族這下真的會不惜一切──豈止是自身性命，就連身為騎士的精神也會遭到忽視吧。

他們想必會狂怒至極，不允許您的任何一片血肉繼續存在於世而衝刺突擊。

要是那群以蠻力自豪的蠻族蜂擁而上，實在沒有任何勝算。

在維廉多夫的蠻族心中，您打倒的雷肯貝兒卿就是如此偉大的豪傑。

圍繞著戰勝雷肯貝兒卿一事所衍生的毀譽褒貶，日後想必還會掀起其他波濤吧。

既然是實際與之對峙的您，或許不需要別人的忠告吧。

無論如何，希望您銘記於心。

我十分明白，您做出的種種崇高舉動，並非出自城府之深，而是純粹源自於法斯特・馮・波利多羅這號人物的本性，然而並非人人都如此認為。

那麼，差不多該進入正題了。

我這封信是出自純粹的善意，也是對戰友的忠告。這點無庸置疑。

但是如同開頭所述，這同時也是為了說明與本信一同送出的吾母頒贈的褒狀。

您打倒雷肯貝兒卿，引導我安哈特王國獲勝。對於這樣的結果，您只要求些微獎金。

儘管我也想支付更多獎金，無奈資金已經耗費在戰事上，能支付的金額實在微薄。

然而我安娜塔西亞不願被視作吝於獎勵功臣的守財奴，因此前些日子要求吾母女王陛下給您更多獎賞。

我認為對於如此顛覆必敗之戰的戰功，光是金錢獎賞還不夠。

本次安哈特王室贈與的褒狀，就是為了彌補這份欠缺。

此狀不只單純記述您於維廉多夫戰役的功勞，亦可將之視作安哈特王室對於締結主從契約的波利多羅卿的借據。

若是您或您的子孫在與王室的關係陷入困難，儘管出示這紙褒狀吧。

有鑒於您為安哈特王室立下的功勞，即便是踐踏君主顏面的無禮之舉，想必也能獲得僅此一次的原諒。

追記。

您雖是我的戰友，但也是血緣上的妹妹瓦莉耶爾的顧問。

您今年的軍務，想必是擔任那名女孩初次上陣的輔佐官吧。

與維廉多夫戰役相比想必只是小事一樁，望您謹守騎士的本分。

寫給法斯特・馮・波利多羅卿

來自於維廉多夫戰役與您並肩作戰的戰友

安哈特王國王位第一順位繼承人

安娜塔西亞・馮・安哈特

第1話 序章

小兄弟好痛。

中世紀——並非如此。

與中世紀似是而非的世界。

奇蹟和魔法都真實存在喔。

至於從地球轉生到這個異世界的我，就是另一種奇蹟吧。

轉生到這種世界的我，法斯特·馮·波利多羅正在思考。

我的思緒如下。

——小兄弟好痛。

滿腦子只有這句話。

我身穿金屬製的貞操帶。

絕非受人強迫。

是我自己決定要穿的。

若非如此——便無法在此生活。

根本過不下去。

「法斯特？」

坐在鄰座的瓦莉耶爾發出懷疑的聲音。

她的身高不足一百四十公分，年齡十四歲，目前正以貴族的身分接受騎士教育。

但是她身上沒有結實的肌肉，而是稚嫩柔軟的少女肌膚，看在我這個經歷過戰爭的騎士眼裡，若是指揮官還另當別論，就士兵來說恐怕派不上用場。

微捲的紅髮有如平緩的波浪一直延伸到背部，看起來難掩稚氣。

坦白說，我只能把她當作應該受到保護的孩子。

身上穿著的絲綢禮服，就這個國家的第二王女來說不失體面。

好吧，就我看來只是小孩子盡可能打扮得像個成熟的大人。

這傢伙就算了。

第二王女瓦莉耶爾沒什麼問題。

「看來擔任顧問的波利多羅卿似乎有不滿啊。儘管開口，允許發言。」

這個國家的女王莉澤洛特。

身高幾乎一百七十公分，證明王室血統的紅髮直逼腰際。

雖然頭髮長度相近，但是就瓦莉耶爾的母親角度來看，兩人的外表不怎麼相似。

她有身為女王的威嚴，態度冰冷無情，不變的冷漠表情甚至稱得上美貌的要素。

這樣反倒更加刺激我的下體。

如此冷漠的她，全裸的軀體不知為何只披著一層如絲薄紗。

記得她今年三十二歲。

雖然在這個世界，女性展現肉體之美稱不上是羞恥，但是對健康的二十二歲男性來說未免太過刺激。

這麼一來理所當然會勃起啊。

甚至猛烈衝擊金屬貞操帶。

結論。

小兄弟好痛。

這個世界瘋了。

我——法斯特．馮．波利多羅再次如此思考。

貞操觀念逆轉的世界。

十名新生兒當中只有一名男孩。

就是這樣的世界。

因此女性站上舞台，男性地位不見天日。

不，應該說是受到澈底保護。

不過也經常在戰場上被抓走，賣到賣春戶當性奴隸就是了。

正是如此的世界。

啊啊，我置身的異世界，就是這樣無可救藥的世界。

面對女王陛下，我給出答覆。

「這明明是瓦莉耶爾第二王女初次上陣，卻只有親衛隊和我的手下嗎？」

「剛才不是說過了嗎？對付區區山賊，不需要那麼大規模的武力。」

我在這個世界算是怪人。

見到尋常無奇的女性裸體就會勃起的怪人。

既然要轉生，真希望讓我的常識也配合這個世界。

但是神似乎不願賜給我這樣的恩典。

對未曾謀面的神怨嘆也沒意義就是了。

「第一王女殿下，安娜塔西亞大人面對我等的敵國維廉多夫，初次上陣便迎戰襲擊我國的千名蠻族，使之墜入血海，甚至反過來侵略對方。」

小兄弟好痛。

小兄弟真的好痛。

我將視線從幾乎全裸的女王陛下身上挪開，轉往第一王女殿下安娜塔西亞。

她是莉澤洛特女王陛下的女兒，也是瓦莉耶爾第二王女的姊姊。

安娜塔西亞迎向我的視線，一直盯著我瞧。

……第一王女很恐怖。

第一印象就是三白眼，虹膜的部分比常人小，眼白的比例比較高。

瞳孔給人有如爬蟲類的感覺，偶爾會有她其實是豎瞳的錯覺。

簡單來說，就是給人邪惡的印象。

在我看來，甚至有種在背地裡大啖人肉的形象。

只是當然沒有這種事，與她實際相處過後就會知道，她的為人處事公正不阿，有時也能感受到豐富的情感。

只不過遺憾的是這種個性並未反映在外表上，無論看在任何人眼中，她都是一副只要宣稱：「我愛吃人肉喔！」眾人就會輕易相信的模樣。

繼續與她四目相對會有種遭到肢解吞食的恐懼，這實在莫可奈何。

別無選擇的我只能將視線轉回幾乎全裸的女王。

女王稍微挪動身子，巨乳也跟著搖晃。

有夠色的。

「第二王女殿下瓦莉耶爾大人初次上陣卻是討伐山賊嗎？這對由我擔任顧問的瓦莉耶爾大人差異未免太大了吧？與安納塔西亞大人相比，想必會成為受人嘲笑的原因。」

我不禁面紅耳赤。

已經無法維持冷靜。

小兄弟好痛。

駁倒眼前近乎裸體的女王，已是我克服當下情況的唯一手段。

用感情來掩蓋疼痛。

「……狀況差異太大。討伐山賊也是重責大任。」

「進攻敵國維廉多夫如何？」

「別開玩笑了，法斯特・馮・波利多羅。難道你想對那些蠻族再次掀起大戰嗎？」

我用力拍打桌面。

巨大的聲音響起，眾人陷入沉默。

無論是女王陛下莉澤洛特。

或是第一王女殿下安娜塔西亞。

由我擔任顧問的第二王女瓦莉耶爾也一樣。

「難道陛下認為我能力不足嗎？」

臉上的血色愈來愈明顯。

血氣逐漸集中在臉上。

絕不是因為小兄弟疼痛。

而是憤怒過度導致臉龐充血。

一切都是為了這個藉口。

「並非如此，波利多羅卿。」

看樣子是生效了。

彷彿是要讓我冷靜下來，莉澤洛特女王語氣平靜的一句話響徹王宮。

「我絕非看輕你的實力。『憤怒騎士』法斯特啊。你在我國遭遇維廉多夫進犯的危急時刻，在吾女安娜塔西亞的指揮下，斬落超過十人的蠻族騎士首級，最後與騎士團長決鬥——成功取下對方的首級。我絕非看輕你的實力。」

小兄弟好痛啊。
痛到讓我幾乎如此吶喊。
幾乎讓我忍不住想要站起來。
只是我還知道看場面行事。
雖然已經瀕臨極限。
小兄弟好痛啊。
「所以你先冷靜。」
強暴妳喔。
就是妳害得我的小兄弟這麼痛的。
為什麼是裸體配薄紗啊。豪放女嗎？
雖然我想如此吶喊。
「……我明白了。」
我從女王身上挪開視線。
為了減輕小兄弟傳來的痛楚。
那麼——順勢早早告辭吧。
「失禮了。我想說的話就是這些，再爭辯下去也無濟於事。我可以告退了嗎？」
我對女王陛下徵求許可。
「准。退下吧。」

「感謝女王陛下。」

我的小兄弟得救了。

繼續勃起下去說不定會壞死的小兄弟終於得救了。

——這樣就好。

我就此離開王宮。

※

我錯了。

我，莉澤洛特確實犯下過錯。

「第二王女殿下瓦莉耶爾大人初次上陣卻是討伐山賊嗎？」

法斯特・馮・波利多羅實在教人惋惜。

第二王女瓦莉耶爾——在安哈特這個國家，次女不過只是替補。

讓法斯特・馮・波利多羅這名騎士服侍她，實在是暴殄天物。

「……狀況差異太大。討伐山賊也是重責大任。」

我說出藉口。

不，派軍討伐山賊絕非過錯。

雖然不是——

「進攻敵國維廉多夫如何？」

「別開玩笑了，法斯特．馮．波利多羅。難道你想對那些蠻族再次掀起大戰嗎？」

但是對「憤怒騎士」法斯特來說，這種做法只會被視為侮辱吧。

面對蠻族維廉多夫，取下超過十名蠻族騎士的頭顱，並且與騎士團長決鬥——

歷經堪稱英雄傳奇的死戰，斬下對方的首級。

面對這樣的法斯特，要求他參與對付山賊的小衝突，只是單純的侮辱罷了。

他所擔任顧問的第二王女瓦莉耶爾初上戰場，區區山賊的確是適合的對手。

在我眼裡，第二王女瓦莉耶爾只不過是第一王女安娜塔西亞的替補。

換言之，無足輕重。

他大概是如此認知的吧。

不妙。

這下不妙。

法斯特的實力以及身為顧問的立場，還有對第二王女瓦莉耶爾的鄙視。

明顯看得出來憤怒使他滿臉通紅，渾身顫抖。

雖然我無法判斷那究竟是不是演技。

沒錯，我無法判斷。

感情用事的狂暴男性騎士。

因為在戰場上亦如此，他成為吟遊詩人口中的「憤怒騎士」。

邊境波利多羅領的女領主騎士的獨子。

法斯特．馮．波利多羅，現在已經成為王室的棘手人物。

確實十分優秀。

他的功績正如先前所述。

對於他的顯赫功績，應該沒有任何人能鄙視吧。

正因為如此才棘手。

我應該讓他服侍安娜塔西亞的。

如今安娜塔西亞的能力，已在對抗蠻族維廉多夫時昭告天下，安娜塔西亞確定將會繼承我的地位。

事到如今還強化第二王女瓦莉耶爾的派系實力，只不過是浪費國力。

我國唯一的男性領主騎士……乖乖找個妻子不就好了。

他——波利多羅卿已經成為第二王女的顧問。

聽從吾女瓦莉耶爾的心願。

那正是我的失敗。

法斯特——應該將他置於安娜塔西亞的麾下。

我為此感到後悔。

「難道陛下認為我能力不足嗎？」

絕非能力不足。

我一點也不懷疑你的實力啊，法斯特。

正因如此才傷透腦筋。

屢次思考結果也不會改變，應該讓你聽從安娜塔西亞的指揮。

更重要的是，安娜塔西亞也如此盼望。

沒錯，即使是這個當下，她也正用渾身之力瞪向我。

安娜塔西亞正用那雙街坊傳聞嗜食人肉的眼神直直瞪著我。

不過滿臉通紅怒目以對的你，想必沒有察覺吧。

法斯特啊。

你這個人真教人心煩。

乾脆死在維廉多夫手上還比較輕鬆。

不。

其實我的心裡也感到惋惜。

因為你那魁梧的身軀。

想要你來代替我已逝的丈夫。

同時存在著這種心情。

不過我也明白，一旦真的這麼做，吾女安娜塔西亞想必會砍下我的項上人頭吧。

啊啊。

真是莫可奈何。

難道母女看男人的眼光也會如此相近嗎？

又或者安娜塔西亞對法斯特渴求父性吧。

啊啊，法斯特。

「失禮了。我想說的話就是這些，再爭辯下去也無濟於事。我可以告退了嗎？」

這句話有如雪中送炭。

我就順勢而為吧。

「准。退下吧。」

我遵從心意如此下令。

若非如此，內心將會陷入瘋狂。

法斯特令我傾倒。

與我已逝的丈夫竟然如此相似。

因此才會不時令我渴求。

不過現在暫且將此事置之一旁。

安娜塔西亞的愛欲向著法斯特。

那股欲望。

——我就加以承認吧。

「瓦莉耶爾。」

「是的，母親大人。」

我的次女，身為替補的第二王女瓦莉耶爾如此回答。

「若是本次的山賊討伐任務失敗，法斯特將會解除顧問一職。我會將他編入安娜塔西亞的麾下。懂了嗎？」

「咦？」

瓦莉耶爾張著嘴巴，一臉震驚。

這樣就好。

從瓦莉耶爾手中、從替補手中奪走法斯特。

倘若實現當然是最好。

只是法斯特絕對不可能失手。

不過光是這麼一句話，就能恢復一點安娜塔西亞對於我的信賴吧。

這正是面面俱到的妙計。

「還請稍等！法斯特是我的顧問！」

「哎呀哎呀，貴為第二王女的吾妹瓦莉耶爾，難道怕了討伐山賊這種小事嗎？」

安娜塔西亞使出激將法。

這樣就好。

現實當然不會有任何改變。

帶著法斯特上陣，無論再怎麼昏庸無能，討伐山賊也不可能失敗。

瓦莉伊爾的顧問依然是法斯特．馮．波利多羅。

安娜塔西亞的顧問則是諸侯。

依舊是公爵家。

這樣就好。

國家就是如此運作。

如果情勢允許，我也想讓法斯特進宮代替亡夫。

但是政務官僚不會同意，而且安娜塔西亞和瓦莉耶爾也絕對不會諒解吧。

所以這樣就好。

國家就是如此運作。

我流暢開口：

「瓦莉耶爾啊，妳連討伐山賊的小事都辦不到嗎？我是在問妳這一點。」

「初次上陣只是討伐山賊本非我所願，難道母親大人認為我連這點事都辦不好嗎？」

「不，既然有法斯特同行便不可能失敗。想必無庸置疑會獲勝吧。但如果妳遲遲未曾經歷戰事，諸侯們也會對此起疑喔？」

瓦莉耶爾沉默不語。

事實上，到處流竄的山賊四處擾民也是千真萬確的事實。

瓦莉耶爾沒有選擇。

她只能閉上嘴巴表示同意：

「母親大人，瓦莉耶爾初次上陣，必定辦妥討伐山賊的任務。」

「這就對了。」

終於確定解決的方針。

莉澤洛特女王輕聲嘆息。

安娜塔西亞第一王女則是「嘖！」用力咋舌。

第2話
第二王女顧問

失敗的源頭，就是我在兩年前成為第二王女瓦莉耶爾的顧問。

我回顧過去。

——你來當我的顧問吧。

母親逝世之後，我為了領主交接來到王都參訪王室。

為了晉見女王莉澤洛特，當時我在王都排隊等了三個月。

因為我只是名邊境騎士，只能苦苦等待。

領民大約三百人，還是位於與敵國的紛爭區域，就算惹惱了這種地方，安哈特王國也不痛不癢吧。

在如此理解與無奈之中，我一邊煩惱事先準備的資金，一邊在王都的便宜旅店度日。

這時我遇見了第二王女瓦莉耶爾，以及她的親衛隊。

「你來當我的顧問吧。」

「呃～」

我搔了搔腦袋。

親自帶領親衛隊來到鄰近郊外的小旅店，瓦莉耶爾·馮·安哈特第二王女殿下，當年還只是十二歲的少女對我下令。

「什麼啊，你這是什麼態度。我是說讓你當我的顧問喔？」

「要問為什麼嘛～」

我好歹也二十歲了。

直到母親過世之前，都沒有將領主的位子交給我，因此接任得比較晚。

來自第二王女的命令。

儘管知道立場上我難以拒絕，還是不禁想要回嘴。

「接下這個職位對我有什麼好處嗎？」

「……」

瓦莉耶爾第二王女殿下沉默不語。

雖然剛才說過難以拒絕。

但是絕非完全沒辦法。

我所在的波利多羅領，就連一隻螻蟻都是屬於領地的所有物。

選帝侯——這裡並非地球，因此不是神聖羅馬帝國就是了。

不過有類似的君主選舉制度。

莉澤洛特女王是個位高權重的領主，對於帝國君主擁有選舉權。

至於孤零零地坐落邊境的波利多羅領，則是對女王的領地效忠。

我等波利多羅卿是透過履行契約，確保波利多羅領的安全。

簡單來說，我是對莉澤洛特女王宣誓效忠並且參軍，換取王室對波利多羅領的保護。

——我，波利多羅卿今年也完成了軍務。

雖然只是宰殺不值一提的二十名山賊罷了。

啊啊，真是可惜。

每當我以祖傳的魔法巨劍砍下美女的頭顱時，就不禁萌生這樣的想法。

不過這種事先放在一旁。

「我會讓你在這星期成功晉見母親大人。」

「這樣確實是件好事——不過這點程度還不夠。此外——」

我的能力也不足。

我如此補充道。

「為何找我當顧問？我只是個領民不到三百人的邊境地方領主騎士喔？」

「……」

王女沒有回答。

但是她指著斜立於房間角落的巨劍。

「你用那把劍砍過幾個人的頭？」

「不曉得。破百之後就沒算了。」

自從我開始代替生病的母親參軍之後已經過了五年。

雖然全都是不值一提的討伐山賊，不過也有原本是騎士的厲害傢伙。

不過完全不是我的對手。

雖然聽起來像自賣自誇，但是我的劍術在帝國裡應該名列前茅吧。

而且如果是一對一的決鬥，能夠擊敗我的人大概屈指可數。

——之所以只是推測，是因為男性沒有資格參加王都的劍術大會。

貞操觀念逆轉的世界觀如影隨形。

「見到有用處的棋子就先加以確保。這不是什麼壞事吧？」

「那還真是光榮。不過對我沒有好處。」

「今後執行軍務時，就從我的——第二王女的歲費當中抽出少許軍費給你吧。」

金錢啊。

這個提議倒是不錯。

我的士兵終究是領民，一旦動用領民就要花錢。

只要動員領民離開故鄉，稅收也會跟著減少。

無論是在討伐山賊時領地勞動力會減少，或是為了盡可能發給動員者更多獎金。

「順便給你軍務的選擇權。至少能選擇想參加的戰場。」

「說穿了就是以後執行軍務時用不著追著山賊團的屁股，只要與沒幹勁的敵國對峙就好，是這個意思吧。」

聽起來不錯。

不過面對緊急時刻，反而會因為身為第二王女顧問的騎士而被調派至最前線吧。

這也是沒辦法的事。

反正緊急時刻無論如何都會被派到最前線。

無足輕重的邊境領主也沒什麼立場能夠反抗。

唔嗯。

聽起來還不錯。

坦白說，我對王宮毫無興趣。

只要我的領地波利多羅平安無事就滿足了。

面對人稱英明的第一王女殿下安娜塔西亞，眼前這位第二王女殿下瓦莉耶爾想必就連牽制的本事都沒有。

我曾經見過她一次，擺明了就是不同水準的生物。

當時她才十四歲吧。

安娜塔西亞王女渾身散發身為王族的威嚴，率領強大的親衛隊走過大街。

明明尚未經歷過戰場，那張臉龐卻像是已經司空見慣。

那個樣子竟然才十四歲。

真是令人難以置信。

舉止自若地穿著馬克西米利安式鎧甲，手持慣用的斧槍，甚至聽說已經執行過犯人的斬首。

這個世界的女性不可貌相，可以輕易做出奇幻故事裡的舉動。

不過似乎還沒上過戰場就是了。

——岔題了。

現在要考慮眼前的第二王女瓦莉耶爾的提議。

外表看來只是個不知天高地厚的死小鬼。

不過就十二歲來說，腦袋算是很靈光。

嗯。

這個女人想必不會把我捲進宮廷的權力鬥爭吧。

畢竟她根本沒那個本事。

於是我答應了。

「好吧。就讓我成為瓦莉耶爾公主大人的顧問吧。」

「多謝。那麼——」

瓦莉耶爾公主朝著我伸手。

我單膝下跪，親吻她的手背。

這是我與她的契約。

※

「根本大錯特錯啊。」

打從第一年狀況就很不妙。

軍務從討伐山賊變成與敵國維廉多夫對峙。

只要率領區區二十名領民，守在城寨裡就沒事了。

但是那一年卻發生了戰爭。

明明最近二十年來不曾打過仗，維廉多夫突然來襲。

當然了，我也被捲入戰事之中。

安娜塔西亞第一王女及其親衛隊，以及王女的顧問亞斯提公爵的軍隊加起來只有五百五十名，與面對人數接近一千的蠻族維廉多夫開戰了。

我也被編入安娜塔西亞第一王女的麾下——然後前往最前線。

我拚盡了全力。

不想要死的時候還是處男。

神為什麼把我送到這種瘋狂的世界呢？

為什麼把我扔到這種男女比一：九的異常世界。

我的內心充滿憎恨。

於是——我勃起了。

但是金屬製貞操帶不允許我勃起。

「小兄弟好痛。」

那是求生本能。

我不想死。

不想要死的時候還是處男。

上輩子也是終生處男啊。

心中唯獨只有這個想法。

真心不想要在死的時候還是處男。

我拔出祖傳的魔法巨劍，踢了一腳愛馬飛翼的側腹。

「吾名為法斯特·馮·波利多羅。自認有本事的傢伙放馬過來！我奉陪！」

輕鬆砍下第一個人的頭顱。

大概是沒想過戰場上除了賣春夫之外，居然還有其他男人吧。

在對方聽見我的聲音感到錯愕的瞬間，我趁機砍下人頭。

再度踢擊飛翼的側腹。

人馬合一，朝著數十名騎士守護的敵方騎士團長奔馳而去。

「勃起！」

我口吐猥褻的發言。

這是因為上了戰場的錯亂。

同時也是當下的現況。

小兄弟好痛。

我在吶喊的同時，斬殺第二個人與第三個人。

「維廉多夫騎士團長！與我決鬥！」
對方不予理會，第四個人對我刺出長槍。
我以巨劍砍下槍尖，橫掃第四個人的腹部。
區區的鎖子甲，在附加魔法的巨劍面前就跟奶油差不多。
啊啊——
小兄弟好痛啊。
無關乎我的思考，五名騎士朝我一擁而上。
大概是認為一對一打不贏吧，又或者是想把我抓回去當性奴隸。
——大概是後者吧。
我可不想當性奴隸。
雖然我不反對後宮。
但是我可不想被毫無衛生觀念的傢伙強暴，最後死於性病。
我揮動沒有握劍的左手，發號施令。
——十字弓。
十字弓射出的箭矢，刺穿身披鎖子甲的五名騎士。
我的領地擁有五把價格昂貴的十字弓。
雖然教會囉嗦地要求禁用，但是誰管得了那麼多。
這是我的自由。

世上沒有東西比性命更重要。

於是我在胯下疼痛的同時，抵達敵方騎士團長的面前。

我高舉巨劍，大聲吶喊：

「維廉多夫騎士團長！我要求決鬥！」

「我名為雷肯貝兒！男勇者閣下！」

維廉多夫的騎士團長放聲回應。

看樣子一切順利。

懷抱如此確信的我靜靜將巨劍壓低斜舉。

「那麼雷肯貝兒閣下！一決勝負吧！」

「好啊，但是你要答應我一件事。」

「什麼事！」

雷肯貝兒深吸一口氣之後喊道：

「如果我勝利了，你就要成為我的第二夫人！如何？」

維廉多夫——蠻族特有的價值觀。

剛勇的男人有其價值。

這在我國安哈特王國反而惹人厭惡。

基本上我國崇尚的男性是讓人作嘔的柔弱男子。

要是能生在維廉多夫該有多好。

「明白了。如果能勝過我，要我當夫人還是什麼都隨便妳！」

乾脆放水輸掉算了。

待遇想必不差吧。

對方沒戴頭盔所以看得出來，雖然有點年紀，但也算得上是美女。

因為穿著鎧甲所以看不出來，不過胸部似乎也挺大的。

「不過，我也不能輸啊。」

我低聲呢喃。

我有自己的責任。

雖然是從地球轉生過來的異世界人，同時也是將我生出來的母親獨子。

還是波利多羅領的領主。

肩扛身為波利多羅卿的責任。

雖然領民只有區區三百人，但也不能讓他們走上絕路。

所以——雷肯貝兒，只能讓妳去死了。

我斜舉巨劍，就這麼朝著雷肯貝兒騎士團長發動突擊。

至於勝負的結果，應該無須贅述吧。

因為我現在還活著。

※

「真是失策啊。」

成為瓦莉耶爾第二王女的顧問顯然是個錯誤。

我忍不住喃喃自語。

我已經離開王宮——剛才與莉澤洛特女王等人討論軍務的地方。

站在王宮的內院，討論的結果——已經昭然若揭。

到頭來，今年的軍務就是討伐山賊吧。

待在精心修剪的庭院旁邊，一邊嗅著些許的花香一邊思索。

真想趕緊來一發。

說穿了，就是用剛才烙印在腦中的莉澤洛特女王隔著薄紗的裸體當作配菜。

為了安撫我的分身，滿腦子只想著早點回到住處。

在庭院的花園圓桌旁喝茶的女僕——不對。

不是侍女而是侍童吧，可以聽見外表柔弱的男人口出侮辱話語。

「那就是波利多羅卿嗎？滿身肌肉的模樣好嚇人。」

「真是野蠻。上代波利多羅卿該不會生不出孩子，撿了維廉多夫的孤兒回來養吧？」

看來這下不能急著離開。

遭到他人的侮辱。

他侮辱了我。

也就是汙辱我波利多羅領的一切。
吾母、祖先、領民、土地，侮辱這一切，嘲笑這一切。
我的太陽穴頓時傳來有如敲擊金屬的聲音。
腦內的開關瞬間切換到「澈底教訓」的方向。
為了打斷這些愚蠢——教人作嘔的愚蠢男人的鼻骨，我從走廊踏入庭院。

第3話 亞斯提公爵

我的母親是個怪人。

在這個貞操觀念逆轉的世界，她嚴格鍛鍊我這個男人，教導我以劍與槍為主的武術。

如果只是指導統治與經營領地就算了。

身為領主的她有必要讓我學會這些，這個部分還能理解。

因為將來我會迎娶一名貴族，妻子會代替我自稱波利多羅卿，而我則負責扶持她。

但是為什麼要學習武術與戰術呢？

在我十五歲時，發現來自村裡的男性騎士只有一人，知道男人基本上不會上戰場時不禁有所疑問。

只是我在稍微懂事的少年時期便想起前世的記憶——原本就認為貴族的長男學習這些技能很正常，因此也從未對母親提問。

波利多羅領的男女比是男性三十名對上女性兩百七十名的異常狀況。

面對理所當然的一夫多妻制，我完全沒有「這個世界真是蠢斃了」的偏見。

「你們幾個剛才說了什麼？對我指指點點還無所謂，但是竟敢侮辱我的母親。」

我大步走向花園圓桌。

兩名侍童似乎沒想過我會靠過來，嚇得灑出杯中茶水。

那副模樣看起來就像是失禁而弄濕褲襠，兩個人站起來開始找藉口。

「我、我沒有這麼說。」

再度重申，我的母親異於常人。

父親在年輕時便死於肺病，因此從貴族親戚到領地裡的村長，周遭眾人都建議她找個新男人，然而她全部加以拒絕。

她未能孕育長女，取而代之的是澈底教導我武術與戰術。

現在回想起來，母親大概也是費盡心力吧。

母親也是身體虛弱，大概是自認難以再度懷孕生女吧。

又或者她是真心深愛逝世的父親。

強撐著不時臥床的身體，教導我成為領主所需的一切，因此在生下我的二十年後——

年紀輕輕三十五歲便過世了。

骨瘦如柴地死了。

現在的我能夠理解。

「你剛才侮辱了吾母嗎？」

母親想將她知道的一切留給我。

她知道自己命不久矣。

正因如此，在短暫的期間——我從嬰孩長大成人的這段期間，打算將一切留給我。

當時的我只是把母親當成怪人。

雖然我從十五歲起就代替臥床不起的母親參軍。

我不曉得這點程度的事算不算盡了孝道。

不，想必根本不算吧。

直到母親過世之後，我這才發現。

即便我是個從地球轉生至此的異世界人。

對我來說。

「吾母、祖先、領民、土地，你侮辱了波利多羅的一切吧？」

自從我懂事的五歲起，母親便將活在這個世界上所需的一切，不惜削減自己的性命也要全部交給我。

「宰了你們喔？」

她是無可替代的母親。

對我的侮辱還無所謂。

我也知道在王國當中，像我這種高大魁梧的粗獷男性不符審美觀。

對於天生其貌不揚的醜男的輕蔑，還能夠聽過就算了。

但是唯獨對母親的侮辱無法原諒。

我抓住離我較近的男子衣領，將他整個人舉了起來。

「我、我們可是第一王女顧問亞斯提公爵的關係者！明知如此——」

這樣啊這樣啊。

所以你們才敢說我這個第二王女顧問的壞話嗎？

仗著自己的背景，就覺得災禍絕對不會落到自己頭上嗎？

——真是不長眼的傢伙。

「那又怎麼樣？」

我把食指插進男子的鼻孔。

「快、快住手啊。我、我道歉——」

太遲了。

我的食指直直戳進鼻孔裡，幾乎整根手指都插了進去。

男子發出彷彿人格崩壞的慘叫——不，是咆哮聲。

「什麼嘛，原來你也能發出一點也不柔弱的粗野聲音嘛。」

我露出邪惡的笑容。

深入鼻孔的手指甚至觸及男子的喉頭。

我將染血的食指拔出男子的鼻孔。

男子發出沉重的聲音倒地，口中不停吐出殷紅的泡沫。

首先解決一個人。

我用手帕擦拭食指上的血跡，將視線投向另一個人。

「別想逃喔。」

不過看樣子他也逃不掉。

另一個男子跌坐在地，同時大小便失禁。

大概是嚇得腿軟了吧。

「真是的，真是無可救藥的男人。」

我不打算要了他們的命。

但不能輕易原諒。

就感情上來說，原因在於母親。

但在對外關係——這牽涉到貴族的顏面。

我，法斯特．馮．波利多羅肩負領地的一切名譽。

一旦遭到侮辱，絕不能善罷甘休。

就算對方是——

「你在做什麼！」

領地規模與兵力都比波利多羅領大上數十倍的公爵大人。

在戰場上聽過數百次的耳熟聲音讓我回過頭。

「原來是亞斯提公爵。今天可好啊？」

「現在差勁透頂。」

亞斯提公爵。

安娜塔西亞第一王女的顧問。

領民人數高達數萬，緊急時能夠立刻動員的常備軍人數也逼近五百。

光論常備軍力就已經超過我的領民人數。

不過——

「我就直截了當問了，波利多羅卿。這兩名男性——我派來王宮擔任侍童的兩人做了什麼事嗎？」

「侮辱了吾母、祖先、領民，以及波利多羅的一切。竟敢說我是因為前代不孕才撿回來的維廉多夫孤兒。」

亞斯提公爵閉上嘴巴。

亞斯提公爵從走廊來到庭院，對著癱坐在地，任憑小便橫流的男子開口：

「剛才波利多羅卿所言屬實嗎？」

「不、不，我們絕非——」

「是真的吧。」

亞斯提公爵的表情頓時變得有如惡鬼。

鬼神亞斯提。

也難怪吟遊詩人如此歌詠。

「這個蠢蛋！」

亞斯提的靴子就這麼踢向腿軟男子的鼻子。

鼻骨折斷的聲音響起。

我心情舒暢地聽著那個聲響，眼睛盯著亞斯提公爵的側臉。

還是老樣子，儘管一臉嚇人的模樣，仍然不減其美貌。

而且胸部很大。真的超大的。

同時也是赤紅長髮覆蓋背部的超級美女。

我望著遮蔽後頸的紅色髮辮。

只是單純看著，還不至於勃起就是。

亞斯提公爵的反應讓我的怒氣為之消散，腦中冒出下流的念頭。

「失禮了，波利多羅卿。我想以這般制裁作為致歉。」

「不會，亞斯提公爵。我們不是一同在最前線對抗蠻族維廉多夫的夥伴嗎？雖然實力差距頗大就是了。」

「說什麼實力差距——我和你可是戰友，沒必要在意。」

沒錯，我和亞斯提公爵的關係絕對不算差。

一年前維廉多夫入侵時，亞斯提公爵的五百名常備軍與二十名我的領民。

再加上安娜塔西亞第一王女的親衛隊三十名，一共五百五十名。

由於事出突然，靠著勉強拼湊的這點兵力，我們並肩擋下維廉多夫的侵略。

而且亞斯提公爵為了提振居於劣勢的我軍士氣，總是與我一同站在最前線。

共同歷經這種事，關係怎麼可能有多差。

第一王女的顧問與第二王女的顧問，雖然兩者立場水火不容——但是第一王女派系的勢力過於強大，根本用不著介意。

問題在於——

「話說回來，你的屁股還是這麼讚啊，波利多羅卿。」

這位亞斯提公爵閣下有個問題。

就是會對我性騷擾。

雖然和我相比大家都算是矮的，但是一百七十公分的身高就女性來說已經很高。高挑的身軀靠在我的身旁，攬住我的肩膀。

這種程度的肢體接觸，即使是在這個世界都是無庸置疑的性騷擾。

絕非淑女應有的舉動。

「請別說笑了。我有自知之明，像我這種粗獷又滿身肌肉的男人不受歡迎。」

「沒問題！我是屁股派的！」

同時個性浪蕩不羈。

也許是公爵這個無論做什麼事不太會受到責難的地位使然吧。

「啊啊，波利多羅卿，究竟何時才願意與我共度春宵？我們已經是在戰場上血汗交融的關係了吧？」

如果情況允許，我當然也想恣意擺布這個胸部。

想要讓她用胸部夾住我的小兄弟。

「亞斯提公爵，我已經說過好幾次了，我的貞操必須獻給將來的妻子。」

一生竟然只有一個對象，其實我也是千百個不願意。

我也想建立後宮。

我的夢想是召集領民當中十六歲至三十一歲的美女建立後宮。

然而在這個國度，處男之身被視作十分尊貴。

一旦生性淫蕩的傳聞散播開來，波利多羅卿的名譽——連同領地的名聲都會受損。

結婚娶妻的條件也會變差吧。

所以我辦不到。

我在心中淌著血淚，凝視亞斯提公爵的雙眼。

「那就來當我的丈夫啊。」

「您又在開玩笑了。地位——爵位的差距太大了。我配不上您，再加上我還得照顧自己的領地。」

「不願意當情夫嗎？我可以生好幾個你的孩子，讓其中一人繼承波利多羅領。」

這個條件倒是頗有魅力。

順帶一提，屆時我的地位會是亞斯提公爵的情夫。

……呃，這樣還算不錯吧。

「順帶一題我還是處女喔。因為我十八歲嘛。但是到了二十歲就必須繁衍後代，需要找個男人。既然要找男人，當然最好是我相中的人。」

「這與我無關啊。」

如果願意跟我發生關係，不管是不是處女都無所謂。

我只在乎有沒有性病而已。

不妙。

繼續和這種超級美女進行性騷擾對話的話，小兄弟勃起又要吃苦頭了。

老實說，其實已經稍微硬了。

我不時心想，要是有賣春戶就好了。

然而這個世界只有男人在賣身。

無可救藥。

為何世界待我如此苛刻。

這點實在令我費解。

亞斯提公爵望著我的雙眼低聲說道：

「我就直說了吧，我討厭拐彎抹角。讓我上一次。我付錢。」

「……」

如果是錢的問題，我才想要付錢解決。

我也想恣意擺布這個胸部啊。

然而就是不行。

地位差距太大了。

好想做愛。

我的分身為何命運如此多舛。

前世是處男，這輩子還是處男。

太悲慘了。

我恨神。

星期日上教會時，以聖歌隊的合唱為背景音樂，我總是在心中咒罵神。

……真想抵達終點。我是說直奔本壘。

乾脆就這麼依了亞斯提公爵吧。

不——我的願望看來是不會實現。

「你們在談些什麼！亞斯提！」

安娜塔西亞第一王女大駕光臨。

我拚命安撫稍微勃起的小兄弟，究竟何時才能返回住處。

究竟何時才能打手槍。

我邊想著這種事邊對第一王女單膝下跪，行禮如儀的同時長嘆一口氣。

第4話 安娜塔西亞第一王女

父親是個有如太陽的人。

我最喜歡父親用那粗糙的手掌使勁撫摸我的頭。

我，安娜塔西亞的父親出身亞斯提公爵家。

光聽到這一點，無論是誰都會覺得出身尊貴無可挑剔。

接著聯想到身材纖細，身高不高的型男吧。

然而我的父親雖然不算醜陋，若要問是否符合安哈特王國女性的審美觀。

那麼確實不太符合。

首先身高相當高。

而且渾身上下都是肌肉。

大概是因為無法離開宅邸，興趣是園藝——以在公爵家宅邸的寬敞庭院務農為樂。

沒什麼，男性貴族的興趣各有不同。

園藝也沒什麼不好。

絕對稱不上是缺點。

父親就是用那因為務農長滿厚繭的手，用力摸摸我的頭。

母親大人的夫婿名單上有數十個人，聽說當時可以從中挑選數人當作伴侶。

不知為何，母親大人——莉澤洛特女王只選了父親一人作為伴侶。當時的父親只是公爵家順便提出的名單之一。

我深感疑問。

事實上，當時在法袍貴族間似乎掀起一陣騷動。

算了，這些都不重要。

如今的我有必要專注於眼前發生的事態。

我站在走廊上，對著站立於庭院的法斯特與亞斯提開口：

「亞斯提，你剛才和波利多羅卿在聊什麼？」

「我們在討論情夫契約。」

「情夫契約？」

我露出憤怒的表情。

波利多羅卿——法斯特原本望著我的臉，此時靜靜挪開視線。

你就那麼害怕我的長相嗎？

我為了安撫法斯特，於是閉上眼睛。

從前——

從前的我，喜歡父親用粗糙的大手撫摸我的頭。

父親確實把我視為女兒加以疼愛。

無論法袍貴族們如何竊竊私語，母親大人看人的眼光都沒有錯。

父親確實有才幹。

雖然稍嫌急躁，但是本性溫柔。

而且是個待人處事公私分明的人物。

當公爵家意圖利用這層關係對女王提出要求，都被父親拒絕了。

如果是低級官員試圖透過父親向母親大人陳情，若是處境太過窘迫，父親會親自伸出援手——唯獨拒絕直接向母親大人提起。

父親就是這麼守護著母親大人與我。

他是個愛家的父親。

晴天時必定揮鋤務農。

雨天則是閱讀書籍。

有時會一邊陪我玩，一邊用力摸摸我的頭，我最喜歡父親那雙長滿繭的手掌。

喜好農業的父親，手掌確實散發太陽的氣息。

母親大人大概也同樣深愛父親吧。

妹妹大概也同樣深愛父親吧。

正因為如此，這讓我無法接受。

我想獨占父親的愛。

那種感情，也許就像人們口中的初戀。

我暫時打斷思考。

再度返回現實。

我再度開口：

「王室不會允許公爵家與波利多羅卿締結關係。」

「這是為什麼？」

亞斯提擺出明知故問的表情如此回答。

這張臉真叫人煩躁。

「第一王女顧問和第二王女顧問有所勾結，這下子成何體統？」

「只是觀瞻問題吧。第二王女的勢力根本名存實亡。」

「有礙觀瞻就是最大問題。況且居然當著擔任第二王女顧問的波利多羅卿面前說出這種話，真令人懷疑妳的理智。波利多羅卿不適合妳。」

說完這句話便閉上嘴巴。

思考再度飛到過去。

父親——某一天突然過世了。

死因是毒殺。

母親大人憤怒至極，動用卓越的手腕與謀略想找出犯人——最後依然沒能查明真相。

父親大人的為人絕對不至於招人怨恨。

至今母親大人仍在尋找犯人。

肯定找不到吧。

一旦逮到，母親想必會讓對方見識何謂人間煉獄吧。

肯定永遠找不到吧。

我的愛突然離我而去。

母親大人雖然愛我，但是身為執政者的她，眼中只有王位第一順位繼承人。

她愛的是我的才能。

沒有身為家人的愛情。

不知不覺間，我在十四歲就淪為率眾走在路上展示威嚴的第一王女。

無論是母親大人、親衛隊，或是擔任顧問的亞斯提公爵，人人的眼神都一樣。

在眾人眼中，我是第一王女安娜塔西亞。

唯獨一人，只有父親大人把我當成女兒安娜塔西亞。

在十四歲時察覺這件事的失落感有多重——因為那個打擊，我已經記不清楚了。

我不願記得。

像是懼怕某些黑影或幽靈，縮著身子在床上哭泣那些事，我絲毫不願記得。

這樣的我終於面臨初次上陣的日子。

那是對抗維廉多夫的侵略。

就在那時我遇見了他。

思緒飛向與法斯特初次見面的那天。

「我是法斯特・馮・波利多羅，第二王女顧問。日後還請不吝指教。」

那名男人的身軀比父親更加魁梧。

一頭剃短的黑髮，美麗的澄澈碧眼。

身高超過兩公尺，憑著魁梧的軀體單手揮動巨劍。

十根手指滿是劍繭與槍繭的人物。

就安哈特男性的外觀而言，長相雖然不差，但是身材明顯不符審美。

就是這樣的男人。

這樣的男人——偏偏成了妹妹瓦莉耶爾的顧問，現在遵從我的指揮。

原來如此啊，吾妹。

妳已經找到父親的替代品了。

難以接受。

完全無法接受。

我怎麼可能接受啊，瓦莉耶爾。

我的——我們的父親大人，難道真的那麼容易找到替代品嗎？

不應該是這樣吧，瓦莉耶爾。

「現在是危急之時。我服從第一王女安娜塔西亞的指揮。還請下令！」

我的第一道命令——我很肯定其中包含了憤怒。

那是個愚蠢至極的命令。

「和亞斯提公爵一起前往最前線。」

我選擇「測試」。

心裡甚至想著你乾脆去死吧。

「……遵命。」

法斯特趕赴前線，立下戰功。

向蠻族當中權高位重的雷肯貝兒騎士團長發起決鬥，最後成功斬殺敵將。

我靜靜地——在父親過世之後隔了數年，重拾微笑。

啊啊，難道你真能代替父親大人嗎？

當時我突然浮現這種錯覺。

因此我在對抗維廉多夫的戰場上，時常找法斯特交談。

「為何要挪開視線？」

「……要直視安娜塔西亞第一王女，未免太過不敬。」

「你不覺得挪開視線比較失禮嗎？」

我當然明白自己的眼睛有多嚇人。

忠心耿耿的親衛隊也有人請求我稍微收斂。

這要怎麼收斂？眼睛的模樣有辦法改變嗎？

然而就連以武勇出名的法斯特都感到害怕，讓我不大高興。

「嗯……是啊，的確如此。我明白了。」

法斯特的笑容透漏幾分為難，像是在說雖然明白但身不由己。

那個笑容像是在說雖然不討厭我，還是忍不住有點害怕我的眼睛。

坦率真誠。

這點與父親很像。

在戰場上任憑情緒驅使大肆活躍的「憤怒騎士」波利多羅卿。

但是私底下的他是個注重家庭的男子。

他扶著自己的腦袋，以感到愧疚的模樣低下頭。

那彷彿就是自作主張遭到母親大人責備的父親身影。

不對。

這傢伙不是父親大人。

絕對不是。

這只不過是我的錯覺。

儘管我這麼想，法斯特的身影仍然與父親大人重疊。

不知何時，一見到法斯特的身影視線就不由得緊盯著他。

他是個善待領民的男人。

也是個平等對待騎士同袍的男人。

同時也是亞斯提公爵公開稱許為戰友的男人。

你——真的能代替我的父親嗎？

他的心性與父親是那麼神似。

我不禁萌生這個想法。

於是我理解了。

我對父親懷抱的那種感情並非初戀。

現在這個當下，視線不由自主追逐這個男人的感情才是初戀。

我明白了。

正因為有所自覺，讓我更加渴望。

沒錯，渴望。

我的思考再度回歸現實，開口說道：

「我說波利多羅卿。」

「是。」

法斯特單膝跪地，行禮如儀地回應。

那張臉龐絕對不會迎向我的視線。

儘管如此也無所謂。

「你就辭去第二王女顧問的工作，來為我做事吧。」

這句話自然而然發自我的內心。

成為我的人。

就是這麼單純。

「……請恕我拒絕。」

聽到我的要求，法斯特在拒絕之前猶豫了三秒鐘。

這個猶豫想必也是顧忌我的身分，刻意為之吧。

於是我問道：

「為何拒絕？雖然我不是借用亞斯提的話，但是第二王女的派系的確名存實亡。沒有任何未來喔？」

「那是因為——」

法斯特語帶躊躇——

但是他抬起頭來，筆直迎接我的目光。

然後如此低語：

「因為我有我的人情道義。我是瓦莉耶爾第二王女顧問。」

滿分的回答。

胯下差點就要濕了。

啊啊，如果你擁有與父親同樣的心性，想必會如此回答吧。

法斯特啊。

法斯特·馮·波利多羅。

只有你有資格成為我的丈夫。

事到如今非你不可。

無論如何。

不管要動用任何手段，我一定會讓你成為我的丈夫——或者是情夫。

沒什麼，在你成為情夫之後，不要另找丈夫就得了。

如此一來你就只屬於我一人。

我絕不會讓亞斯提礙事。

更不會拱手讓給妹妹瓦莉耶爾。

也不會讓吾母莉澤洛特插手。

我決定了。

你只屬於我一個人。

「這樣啊。那麼『目前』就先這樣吧。為了瓦莉耶爾盡心盡力，輔佐她初次上陣討伐山賊吧。」

「遵命。」

法斯特依舊單膝跪地，低著頭如此回答。

你我目前還是這種關係。

不過有朝一日我會讓你直視我的視線，讓你在我耳邊甜言蜜語。

我一定會獨占你，當作我安娜塔西亞的情夫。

啊啊，法斯特。

我對你的渴望。

無止無盡。

絕無放棄的一日。

我呼喚亞斯提之名，命令她與我一起離開。

※

我單膝下跪的同時認真思考。

為什麼安娜塔西亞殿下的相貌會這麼恐怖呢？

真不想與她四目相對。

人稱鬼神的亞斯提公爵也沒這麼恐怖喔。

該怎麼說，就是氣勢非比尋常。

該說真不愧是選帝侯的第一順位繼承人嗎？渾身散發驚人的氣勢。

雖然是個絕世美少女，但是眼神完全就是爬蟲類。

與堪稱庸才的我家主人，也就是瓦莉耶爾第二王女相比，簡直是天壤之別。

我一面這麼思考，一面聽著安娜塔西亞殿下開口。

「王室不會允許公爵家與波利多羅卿締結關係。」

「這是為什麼？」

亞斯提公爵以捉弄的語氣如此回答。

好吧，答案可想而知就是了。

「第一王女顧問和第二王女顧問有所勾結，這下子成何體統？」

「只是觀瞻問題吧。第二王女的勢力根本名存實亡。」

「有礙觀瞻就是最大問題。況且居然當著擔任第二王女顧問的波利多羅卿面前說出這種話，真令人懷疑妳的理智。波利多羅卿不適合妳。」

這麼說也是。

亞斯提公爵太不在乎旁人的目光。

為人過於放蕩不羈。

最重要的是她是屁股派的。明明胸部那麼大。

與胸部派的我水火不容。

所以才會成為法袍貴族們的眼中釘。

法袍貴族想必也是胸部派。

不過法袍貴族——官僚貴族們雖然厭惡亞斯提，但是每個人都千方百計想將自家兒子送去給亞斯提公爵當丈夫。

畢竟對方可是公爵家。

會被權力迷了心竅也很正常。

我再度深深嘆息，靜靜等待風暴過境。

就在我如此思考時，安娜塔西亞殿下似乎另有所思。

隔了一小段時間之後才開口：

「我說波利多羅卿。」

「是。」

我單膝下跪，行禮如儀地回應。

「你就辭去第二王女顧問的工作，來為我做事吧。」

我才不要，笨蛋。

妳這個人太恐怖了。

亞斯提公爵為什麼能夠若無其事地聽從妳的指示，這讓我覺得不可思議。

雖然我知道她是個好人，但是看起來嗜食人肉這點並不會改變。

我雖然因為恐懼差點舌頭打結，還是勉強擠出回答：

「……請恕我拒絕。」

安娜塔西亞再度問道：

「為何拒絕？雖然我不是借用亞斯提的話，但是第二王女的派系的確名存實亡。沒有任何未來喔？」

「那是因為——」

加油啊，快找個理由。

老實說出「我對王室的權力鬥爭沒興趣啦笨蛋」可不太妙。

一定要編個理由才行。

——對了。

「因為我有我的人情道義。我是瓦莉耶爾第二王女顧問。」

滿分的回答。

太完美了。

妳想必無法反駁吧。

更重要的是，欠瓦莉耶爾一份人情也並非全然是謊言，這點真是太棒了。

我以充滿自信的模樣迎接安娜塔西亞第一王女的視線。

安娜塔西亞第一王女瞪著我，露出蛇一般的冰冷微笑。

為什麼能露出那種笑容啊？

恐怖到讓我稍微勃起了喔？

這純屬求生本能。

龜頭稍微觸及金屬製貞操帶的同時，我擠出苦笑加以回應。

如果我還有其他應對方式，拜託教教我。

「這樣啊。那麼『目前』就先這樣吧。為了瓦莉耶爾盡心盡力，輔佐她初次上陣討伐山賊吧。」

「遵命。」

既然她說「目前」，豈不是代表將來不行嗎？

完全被她盯上了。

我做錯了什麼事嗎？

因為我對上維廉多夫立下戰功嗎？

或是在先前的王室會議，反對瓦莉耶爾第二王女初次上陣？

又或者是與亞斯提公爵關係良好？

我實在搞不懂。

就是因為搞不懂，更加覺得恐怖。

為何就是不願意放過我。

為什麼？

在安娜塔西亞第一王女與亞斯提公爵邁步離去之時。

我維持恭敬的單膝下跪姿勢，深深感到懊惱。

第5話 亞斯提公爵與安娜塔西亞第一王女

自從孩提時代，父母總是將我與有血緣關係的安娜塔西亞第一王女加以比較。

教導帝王學的母親說我是個記性不佳的孩子。

戰術家的教師說從來沒遇過比妳更聰穎的學生。

劍術與槍術教師說妳想必能成為王都之中名列前十的佼佼者。

我就是這麼長大成人。

因為妳是王位第三順位繼承人，在安哈特王國遭遇危急存亡之時將會繼承王位，替補的替補。

同時也是下一任公爵的繼承人。

妳不能輸給安娜塔西亞第一王女。

父親與母親如此耳提面命，養育我長大。

至於那位安娜塔西亞第一王女，如今就在我面前踩著響亮的腳步聲往前走。

我最後一次轉頭回顧，法斯特依舊擺出恭敬行禮的姿勢。

拜拜。我對他揮了揮手。

我在遠離法斯特的轉角開口：

「欸，安娜塔西亞。」

「怎麼了，亞斯提？」

「話說剛才的事。」

剛才——安娜塔西亞與法斯特的對話內容。

我一邊回憶那段對話一邊輕聲說道：

「妳不是說『第一王女顧問和第二王女顧問有所勾結成何體統』嗎？」

「是啊。有什麼不對？」

到這邊還沒問題。

雖然我感到不滿。

「接下來馬上要他辭去第二王女顧問為自己做事是什麼意思？」

「就是字面上的意思。」

揍妳喔。

安娜塔西亞的身手雖然不錯，如果是單挑的話我會贏。

論戰略是安娜塔西亞，論戰術則是亞斯提。

街頭的吟遊詩人如此傳唱——經驗比我更加豐富的騎士團長們也是如此判斷。

事實上，自從那次維廉多夫入侵之後，我們的職責也是如此分配。

順便加上擔任現場指揮官的憤怒騎士——最強騎士法斯特。

在那個戰場上就是如此。

不過現在不一樣就是了。

我真心認為讓法斯特屈居第二王女顧問，根本就是暴殄天物。

「我知道妳喜歡法斯特啊。畢竟他和叔父大人那麼相似。」

安娜塔西亞停下腳步。

我們是親戚。

而且我在擔任第一王女顧問之後已經與她共事兩年。

她該不會覺得我看不出來吧？

叔父大人是個有如太陽的男性。

對待我這個親戚也很和善。

而且屁股非常讚。

因為務農的興趣鍛鍊出來的好屁股。

有生以來第一次感到性方面的興奮，大概就是那時候吧。

「我還記得妳以前用下流的眼神看著父親大人。讓我好幾次想要殺了妳。」

「當時正值青春期，不能怪我吧。」

我就是無法違背自己的本能。

時常遭人指責。

說我欠缺身為貴族、身為淑女的品行。

有人會說得好聽一點，說我為人放蕩不羈。

法袍貴族——擁有官職的那些傢伙皺起眉頭如此責難。

老是說我明明出身公爵家卻不懂禮節，真是囉嗦。

另一方面又處心積慮想把她們的兒子推給我，寄到公爵家的提親介紹信堆積如山。

我才不理那些人。

我已經下定決心，能在我這塊田地播種的人只有那傢伙。

「我就直說了，把法斯特讓給我。依妳的地位也太困難了吧？」

「啥？妳這傢伙，我宰了妳喔。」

安娜塔西亞的語氣變了。

兩人獨處時，感情特別容易浮現。

「妳也幫法斯特——幫波利多羅領著想一下。妳的地位太高，對方擔當不起。」

「哪裡擔當不起？」

根本明知故問。

「假使妳順利讓法斯特成為情夫好了。那麼波利多羅領該怎麼辦？妳該不會要讓妳和法斯特的女兒繼承波利多羅領吧？」

雖然不曉得妳打算生幾個。

要求擁有王位優先繼承權的女兒擔任領民不足三百人的邊境領地領主。

真是太愚蠢了。

「讓波利多羅領成為安哈特王國的直轄領不就得了。」

「妳是白癡喔。」

安娜塔西亞迷失在自己的欲望中。

忘記了領主騎士這種人的性質。

「妳至少知道法斯特有多麼重視自家領民以及他們擁有的土地吧。每個領主騎士都不例外。不讓自己擁有的東西被奪走，就連一隻螻蟻都不例外。該說是視土地如命吧？奪走他們生活相關的一切，妳以為法斯特會幸福嗎？」

「……」

安娜塔西亞先是陷入沉默，隨後反駁：

「……那麼妳這個王位第三順位繼承人還不是一樣？亞斯提的女兒同樣也擁有王位繼承權。」

「是這樣沒錯，但是我的女兒的血統比妳的女兒更淡薄。我會生下好幾個子女——將年紀最小的那個養育成為波利多羅領領主。讓王室血脈遠比妳更淡，想必不可能繼承王位的孩子成為波利多羅卿。如果最小的孩子也有能夠繼承的領地，絕對不是件壞事。」

畢竟是我和法斯特的孩子。

法斯特肯定會不分長幼，一視同仁地疼愛他們吧。

「和我在一起，法斯特會比較幸福。」

「……」

安娜塔西亞再度沉默。

我的這種說法——

「別開玩笑了，他是我的人。」

本來就不認為會這麼順利。

我要說的其實很單純，就是那個啦。

「那麼乾脆來比劃一下？」

不會拔出藏在懷裡的短劍。

雙方都知道不是那方面的比劃。

「先讓法斯特開口訴說愛意的人獲勝。我們的輸贏全部交給法斯特決定。」

「……沒什麼好比劃的。在我從母親大人手中接過女王之位時，就算來硬的也會奪走法斯特。絕對不會讓給任何人。」

「妳打算花上幾年啊？最重要的是妳不惜讓法斯特失去有如伯父大人的太陽之心，也打算獨占他嗎？妳真心想要祖先代代流傳的領地被人奪走，變得有如人偶的法斯特嗎？如果法斯特決定寧可捨棄領地也要與妳相愛，那我也不會插嘴，但是這十之八九不會成真。」

安娜塔西亞沉默不語，然後咬起指甲。

這是她的壞習慣。恐怕只有我，以及莉澤洛特女王與瓦莉耶爾第二王女知道。

只有在面對自己人時，無法反駁的她特別容易顯露。

即便法斯特真心愛上她。

法斯特的心維持原樣從屬於她的可能性非常低。

她似乎終於察覺這一點。

——很好，就是這個瞬間。

我提出建議。

「要不要與我共享法斯特？」

「妳說什麼？」

「沒什麼，一夫多妻制是理所當然的事吧？貴族之間共享丈夫也不稀奇。」

我想要法斯特與我的孩子。

我想要一面揉捏那個屁股，與那個男人共度春宵。

要我放棄處女也無妨。

難道這稱得上是奢望嗎？

「……我，和妳的情夫？」

「沒錯。只屬於我和妳的情夫。」

第一王女安娜塔西亞，與亞斯提公爵的情夫。

我咧開嘴角笑了。

「由我的孩子繼承波利多羅領。這麼一來法斯特也會接受。」

「……」

安娜塔西亞咬緊牙根，發出細微聲響。

她似乎感到猶豫不決。

「我想獨占法斯特。」

嘴巴雖然說得如此堅決，但是眼中確實浮現迷惘。

我見識到安娜塔西亞頑固的意志出現裂痕的瞬間。

「妳辦不到。」

我有如惡魔一般面帶笑容對她耳語。

「那個男人，讓法斯特，對兩個女人，獻出身體。」

安娜塔西亞順著感情脫口而出的話語支離破碎，無法化為完整的句子。

難道要那個有如太陽的男人將身體獻給兩個女人嗎？

對於自己魁梧壯碩的粗獷身軀感到羞恥，從未鬧出任何緋聞的男人。為了自己的領地獻身戰場的處男法斯特。

如此貞潔純真惹人憐愛，純樸自制的處男法斯特，要他彷彿被摘下的花朵一般獻出身軀任人擺布。

「沒錯，我的意思就是要他像個賣春夫，對我們兩人張開大腿。」

「……」

雖然保持沉默，但是我能體會妳的內心動搖喔，安娜塔西亞。

妳和我一樣，之所以沒有隨便找個侍童拋棄自己的處女。

就是為了要在盡情蹂躪法斯特的身體同時，體會初體驗的痛楚與歡愉吧。

用不著引以為恥。

我等王位繼承人絕非靠著純潔之心活在世上。

當然也有性欲。

「沒什麼，處男就讓給妳吧。我之後再來好好享受。」

「法斯特的……處男……」

「沒錯。他為了自己的領地，百般珍惜守護至今的處男。」

只要針對這一點下手就好。

沒問題的，法斯特的弱點我瞭若指掌。

那傢伙是個徹頭徹尾的領主騎士。

只要是為了祖先、領民、土地，就算是厭惡的女人的胯下也甘願去舔。

——而且也會不惜張開大腿吧。

「我不想玷汙法斯特！」

「妳說謊！妳明明就想盡情凌辱法斯特！」

我們在走廊上大聲談論下流的話題。

對我來說，實在無法忍受其他女人玷汙法斯特的純潔。

不過，安娜塔西亞還能容忍。

畢竟我們是親戚，而且還是有朝一日會成為女王的安娜塔西亞，所以能夠容忍。

無所謂，這種情境也別有樂趣。

我一個人寂寞地躺在床上時，想像著法斯特與安娜塔西亞交歡的情境，愛液就會忍不住

濡濕胯下。

身為公爵家長女，雖然受過床第之事的指導，但是沒有人教過我還有這種樂趣。

「要求害羞的法斯特像條公狗扭腰擺臀也不錯吧。光是想像就讓我快受不了了！」

「妳這傢伙——究竟有多麼下流！」

滿臉通紅的安娜塔西亞提高音量。

不過那片血色並非來自憤怒。

而是羞恥。

因為內心深處的欲望被我一語道破，純粹的羞恥讓她滿臉通紅。

我說安娜塔西亞啊。

妳也想在床上讓法斯特扭腰擺臀吧？

要求害羞的法斯特自已抽插。

啊啊，光是想像都教人瘋狂啊。

「對吧，光是想像就很讚吧？只要聽從我的提議，很快就能弄到手喔？別擔心，我會說服法斯特的。絕不會做出讓妳被他討厭的事。」

安娜塔西亞嘴巴不停開闔，遲遲說不出話來。

只是滿臉通紅。

「……知道了。」

「妳說什麼？我聽不清楚喔。大聲一點。」

「我說知道了！就讓法斯特成為我和妳共用的情夫！」

不愧是王位第一順位繼承人。

下決定的速度就是不一樣。

這可是戰略方面不可或缺的要素。

我一面放聲大笑，一面拍打安娜塔西亞的肩膀。

「話雖如此，要是依靠權力強迫法斯特張開雙腿，那也沒什麼意思。不對，那樣也滿令人興奮的。」

「妳真是差勁透頂的爛女人。」

耳朵聽著安娜塔西亞不符合身分的咒罵，「嗯——」我發出煩惱的低吟。

過去這兩年，向純樸又認真的法斯特說些帶有性暗示的發言讓他臉紅確實滿好玩的。

只不過也該告一段落了。

差不多到了懷孕生子的年齡。

「好，就等法斯特的軍務——瓦莉耶爾第二王女的初次上陣結束再動手也行吧。」

軍務在即，我也不想那讓個男人內心更添負擔。

總之我已經成功說服安娜塔西亞。

這樣就很夠了。

我挺直背脊，伸展那對位於胸前，在戰場上只會礙事的乳房。

第6話 英格莉特商會與貞操帶

我在安哈特王國王都的住處。

在離開領地時，我總是會動員二十名領民擔任士兵，帶著他們一同四處奔波，過去的我將住處設在鄰近郊區的便宜旅店。

原因是資金不足。

我的領地並不算有錢。

也沒有值得一書的特產。

兩年前領主交替的參訪時。

為了晉見莉澤洛特女王，排隊枯等了三個月那件事，我實在不太願意回想。

由於當時必須設法籌措包含自己在內的二十一人份住宿費，為了逗留王都的花費著實費盡心思。

但是現在不一樣了。

如今的我是第二王女顧問，王室幫我準備了足以輕鬆容納二十名領民的寬敞別墅。

這是我成為顧問之後獲得的好處之一。

於是我將這幢別墅當作我在王都的住處。

「……那麼，也差不多該到了。」

我正在別墅裡等待客人。

等候的對象是波利多羅領的專屬商人，英格莉特商會。

雖說是專屬商人，但是願意來到那個領民不足三百人的邊境領地的商會，也就只有英格莉特商會了。

與英格莉特商會是從上一代——從母親那一輩開始往來。

一切流通都仰仗商會仲介。

祖先代代傳承下來的物品。

與邊境領地貴族略嫌不相襯，附加魔法的巨劍的保養。

到了我這一代才新購的品項。

足以包裹我這超過兩公尺的龐大身軀的鎖子甲的修理。

以及雖然是個人用品，但是對我來說最為重要的東西。

那就是——

「法斯特大人，英格莉特商會到了。」

經我拉拔成為從士的領民敲門之後開口。

「讓她進來。」

「打擾了。第二王女顧問波利多羅卿。」

英格莉特商會的女老闆英格莉特發出似乎是在捉弄我的招呼聲。

自從我成為第二王女顧問後，她總是如此稱呼我。

「別這樣，英格莉特。雖說是第二王女顧問，實際只是連派系都沒有的小差事。」

「明明借到這麼豪華的別墅，您就別說笑了。」

英格莉特以心情很好的模樣環視待客室。

別墅確實是很豪華。

就連我在波利多羅的宅邸也相形見絀。這棟別墅就是這麼豪華。

「我也想趁這個機會，擴大商會的規模呢。」

「……不管是第二王女還是我都沒有這種人脈，放棄吧。」

英格莉特是個徹頭徹尾的商人。

對於利益的氣味特別敏感。

不過瓦莉耶爾第二王女只是安娜塔西亞第一王女的替補，因此歲費也不多。

想必沒有多餘的金錢能向英格莉特購買奢侈品吧。

再者還有王室御用的商人。

根本沒有可趁之機。

這點小事英格莉特應該也心知肚明吧。

「怎麼會呢，我可是看準你能與這個國家的中樞打好關係喔，波利多羅卿。」

「……」

英格莉特的眼睛閃爍著欲望的光芒。

她究竟從我身上看見什麼？

我實在無法理解。

英格莉特並非是間小商會。

雖然不到王室御用商人的等級，但是這個商會與許多工匠和鍛造師之間有其人脈，在安哈特王國內擁有巨大銷售通路。

她這麼看得起我這個貧窮領主騎士，究竟有什麼理由呢？

——算了，這件事先放在一旁。

即使她對我有所期望，我也沒有損失。

只有英格莉特自己會吃虧。

此外還有更重要的事。

針對我的私人用品——也是最為重要的品項——有點事要與她討論。

「英格莉特，我有話要說。妳稍微靠近一點。」

「好的。」

英格莉特走了過來，我壓低聲音避免讓應該待在門外待命的從士聽見。

「關於我那個貞操帶，難道就不能稍微調整一下嗎？只要勃起就會很痛。」

「……又是那個問題？」

英格莉特臉頰微微泛紅，配合我的音量輕聲回答。

「之前不是說過了嗎？那是配合波利多羅卿的——那個的尺寸，特別請人量身訂製的作品。沒有調整的餘地。」

「我還記得是在十五歲時偷偷拜訪罕見的男性鍛造師。那次真是精神上的折磨。」

貞操帶。

這點在前世的地球和現在這個無可救藥的世界沒有什麼不同。

理所當然是所謂的成人用品。

為了管理男性的貞操加以販賣的用品。

但是我的目的不同。

是為了避免勃起，不對，更正確的說法是為了遮掩勃起而穿戴的。

若是待在邊境的自家領土，還能穿著寬鬆的褲子加以遮掩。

一旦踏出領土，無論是前往王宮的禮服，還是戰場上的打扮都不能依靠這招。

「只要勃起就會痛。非常痛。」

「根本的問題在於為什麼會頻繁勃起呢？」

「……」

這該怎麼說才好。

我一面煩惱一面回答：

「我只要情緒激動，無論任何場合都會勃起。關於這點不要告訴任何人。」

雖然這樣也很羞恥，不過只是見到女性的裸體就會勃起，在這個世界算是變態。

只比動不動就說出這個世界認為是生性淫蕩的發言再好一點。

「……好吧，應該說那個名號『憤怒騎士』名副其實吧。」

臉頰泛紅的英格莉特就這麼含糊帶過。

大概是不知道該怎麼回答吧。

不過這條貞操帶真的很痛——

「英格莉特，千萬別把我購買貞操帶這些事洩漏出去。我自己最清楚，我這個人的相貌不符合普通女性的喜好。明知如此，卻因為害怕被女人侵犯而購買貞操帶自己穿戴——我可不想被人誤會是那種自戀的貴族。」

「洩露顧客的消息，特別是貴族的採購資訊，那種事實在太可怕了，我絕對做不到，還請儘管放心。製作這條貞操帶時不也是在暗地裡祕密進行嗎？」

嗯，確實是這樣沒錯。

關於這點就信任英格莉特吧。

「言歸正傳，只要勃起就很痛。」

「……要將貞操帶從現在的貼身類型換成更大的尺寸嗎？」

「那也不行。穿上禮服時會被人發現底下穿著貞操帶。」

如果是有妻之夫還無所謂。

管理丈夫的貞操，在這個世界算不上是異常。

但就如同我剛才所說的，單身的我穿戴貞操帶的傳聞一旦流傳出去就糟了。

會被批評是自己買貞操帶給自己穿的自戀貴族。

如果我是符合安哈特王國審美觀的纖細美少年，那麼為了守護自己的貞操而穿戴，也許還不會有人指指點點。

總而言之，貴族最重視的是面子。

絕對不能丟臉。

「既然這樣，只能請你繼續使用現在這個尺寸剛好的貞操帶。」

「只能這樣嗎……？」

我不禁垂頭喪氣。

在這個世界上，日常生活時常會見到女性的裸體。

當然了，大家平常還是會穿著衣服，然而就算展現裸體也絕對不會害羞。

不過身分高貴之人會在裸體外面披個薄紗。

例如昨天拜訪王宮時，身上只有絲綢薄紗的莉澤洛特女王。

這個世界簡直蠢到家——不，這裡的確是無可救藥的世界。

總而言之，女王那個彷彿色情小說插圖會有的打扮，絕非是出自惡意。

只是大方展現自身的肢體之美罷了。

然而我的小兄弟因此受到嚴重傷害。

莫名憤怒的情緒讓我事後稍微有所反省。

結論。

我無從尋求救贖。

「第二王女顧問波利多羅卿，我想你的最佳做法是娶妻成家，如此一來即使穿戴貞操帶也不奇怪。」

「如果能辦到的話，我早就娶妻了。」

我不受異性歡迎。

渾身肌肉的粗獷身軀。

再加上只是不值一提的邊境領主騎士。

花都——王都裡的法袍貴族家中，想必有許多無法繼承家業的次女與三女吧。

要遠離花都前往到偏僻的邊境領地生活，而且搞不好除了軍務之外一輩子都要在那裡度過，對方大多會面露難色。

用不著如此委屈自己，出身王都的貴族總是有辦法活下去。

雖然我曾經以第二王女顧問的身分，拜託瓦莉耶爾公主幫我安排與貴族相親。

但是她露出非常不高興的表情，說了一句：「我沒有任何人脈能幫你提親。」便一口斷然回絕。

真是派不上用場。

「亞斯提公爵的情夫難道不行嗎？」

英格莉特突然說出這句話。

「妳在說什麼啊？」

「亞斯提公爵自從那次維廉多夫入侵之後，就公開表明波利多羅卿是她的戰友，而且屢次向你求愛。吟遊詩人們都這麼傳唱的喔。」

「那只是亞斯提公爵的玩笑話。不，就算她是認真的，最後還是會找個配得上公爵家的法袍貴族，或是從諸侯當中挑選門當戶對的對象吧。畢竟爵位和權力相差太多了。我也不想當情夫。」

我並不討厭亞斯提公爵。

甚至很符合我的喜好。胸部也大。

不過我不想當情夫。

我不想當另有丈夫的女人的情夫。

就算能讓亞斯提公爵的子嗣繼承波利多羅領，還是可能被沒有繼承我的血脈的孩子奪走波利多羅領。那是我的領地，同時也是我的一切。

我不樂見那種事。

這樣對不起祖先與母親。

「波利多羅卿似乎有些誤會。」

「妳說我有什麼誤會？」

英格莉特顯得欲言又止——最後還是沒有多說什麼。

※

離開別墅之後。

英格莉特在搭上馬車的同時，忍不住唸唸有詞。

「波利多羅卿誤會了。亞斯提公爵甚至表示若是能讓波利多羅卿成為情夫，她甚至不打算找丈夫啊。」

根據我所掌握的情報，就是這樣。

亞斯提公爵是真心愛上波利多羅卿。

然而情報不一定正確，所以我沒有告訴波利多羅卿。

再加上——

「萬一被公爵發現是我傳出去的，那麼後果不堪設想。就算那對亞斯提公爵有利，我也不想提起啊。」

鬼神亞斯提。

擁有如此名號的武人公爵生性放蕩不羈，同時也很凶狠狂暴。

她在敵國維廉多夫的名號是「趕盡殺絕的亞斯提」。

擋下維廉多夫千名敵軍的侵略之後，因為與北方敵國互相牽制而位在遠方趕不及馳援的王軍做好準備，反過來攻入維廉多夫之時。

亞斯提公爵展露有如地獄惡鬼的一面，對維廉多夫的人民做出山賊般的掠奪舉動。

女人一律殺死，屍體釘在柱子上，倖存的少年們全數帶回安哈特王國當奴隸。

據說經過亞斯提公爵的掠奪，無數村莊寸草不生。

無論是好是壞，我都想避免受到那種凶暴女人的注意。
那個女人只會善待真正視作自己人的對象。
搞不好這個世上只有安娜塔西亞第一王女和波利多羅卿兩人。
我的背脊不禁為之發冷。
彷彿身為第一王女顧問的公爵的監視已經延伸到波利多羅卿的別墅。
不，事實恐怕真是如此吧。
亞斯提公爵的耳目眾多。
因此在我眼中，那棟別墅就像是王室為了捕捉波利多羅卿設下的監獄。
「安娜塔西亞第一王女殿下……」
就連她也對波利多羅卿表示感興趣。
法袍貴族——高階官僚貴族無意間脫口說出的話語。
如果那並非謊言的話。
「承蒙未來女王陛下庇護的情夫專屬商人，這可是個天大的商機啊。」
為什麼波利多羅卿結不了婚呢？
在這個女性過剩的世界，他在武家之間的評價絕對不低，那麼為何波利多羅卿甚至沒有任何緋聞呢？
這是因為亞斯提公爵、安娜塔西亞殿下、第一王女派系持續騷擾第二王女顧問。
看在低階法袍貴族眼中雖是如此，但是高階法袍貴族與我的見解有所不同。

然而這一切的想法，我並未告知波利多羅卿。

英格莉特一面祈禱不要被亞斯提公爵盯上，一面離開別墅。

第7話 從士長赫爾格的回憶

儘管當時我仍年幼，也記得那是村裡最大的慶典。

就是在法斯特大人誕生當天舉辦的慶典。

波利多羅領是個不到三百人，人人都彼此認識的小村莊。

為了見剛出生的法斯特大人一面，每個領民都造訪了領主宅邸。

當然了，因為我家代代擔任波利多羅領的從士長，出身這個家庭的我也不例外。

和一般的嬰兒相比，法斯特大人難得是個不哭不鬧的孩子。

上一代波利多羅卿，瑪麗安娜大人的第一胎法斯特大人是個男孩，將來想必會成為傾國傾城的美男子——我的母親喝醉了，說得十分興奮。

儘管我們村莊稱不上富裕，但是因為這個機會，村長也欣然打開村裡糧倉。

我們這些孩子也享用了豐盛大餐，填飽了肚子。

——不久之後，瑪麗安娜大人的丈夫因為肺病過世，陰影籠罩整個村莊。

「這是領民全員的心願。瑪麗安娜大人，請您再找個新的夫婿。」

這是我那擔任從士長的母親提出的請求。

大家都知道瑪麗安娜大人有多麼深愛逝去的丈夫。

但這是迫於無奈。

若是沒有能夠繼承波利多羅領的長女，村子就無法存續。

母親深深低下頭時，我在一旁觀察瑪麗安娜大人的臉色。

「……」

至今仍然清楚記得那個深深苦惱的模樣。

身為領主貴族的義務，以及對於無法忘懷的丈夫的愛，彷彿置身在兩者的狹縫之間深受折磨。

於是——瑪麗安娜大人的行徑變得有點古怪。

也許是過度苦惱，導致她逐漸失去理智吧。

她開始教導身為男孩的法斯特大人使槍弄劍。

眾人當然出言勸阻。

無論是村長還是我的母親。

甚至是逝去丈夫的親屬們。

但是瑪麗安娜大人不理會任何人的建言，不停傳授法斯特大人劍術與槍術。

最後，所有人都放棄了。

大家都說瑪麗安娜大人瘋了。

總有一天那個孩子，也就是法斯特大人遲早會動怒，說其他男孩子沒人在做這種事，叫停這一切吧。

瑪麗安娜大人已經無可救藥。

期待法斯特大人能找個既強悍又優秀的妻子吧。

但是——

法斯特大人一心遵從瑪麗安娜大人的教育。

不只是統治與經營的教育，還有折磨肉體的鍛鍊。

雖然出身尊貴，真虧他能夠忍受。

即便我心懷繼承歷代從士長職務的榮譽，劍術與槍術的訓練仍舊艱苦。

一次又一次被木劍毆打，甚至手持未開鋒的劍，全副武裝進行實戰演習。

但是法斯特大人從未哭泣，只是老實地接受訓練。

他是個不哭不鬧的男孩。

「蘋果——」

我不經意地說了這麼一句，回過神來。

現在法斯特大人正在與英格莉特商會在待客室裡商談。

我站在門前，保持戒備不讓任何人靠近。

保持戒備的同時，思緒飛向童年的回憶。

蘋果。

沒錯，就是蘋果。

法斯特大人接受劍術與槍術訓練時，午餐總是會拿到蘋果當成點心，當時的他將蘋果分給我。

用小刀將只有一顆的蘋果切成兩半。

——法斯特大人也想自己享用一整顆吧。

我是這麼想的。

法斯特大人自從幼年起就對我等領民格外溫柔。

我雖然堅決推辭，但是法斯特大人說聲：「妳一定也餓了吧。」硬是把蘋果塞給我。

面對如此溫柔的法斯特大人，我總是想問他一句：

「您不覺得辛苦嗎？」

當然了，對於身分高貴的法斯特大人，這種話當然說不出口。

——時光流逝，年齡增長。

經歷過幼年期的我，成長為獨當一面的從士長。

至於法斯特大人的外表也有了變化。

絕對不算醜陋。

五官稱得上工整。

看在我這個從士長眼中，有種正氣凜然的美。

然而——

就安哈特王國女性的審美觀來看，身高稍微——不，實在是太高了。

十五歲就有一百八十公分。

他的雙手滿是劍繭與槍繭，實在不像男貴族的手。
但是對於領民來說，他是位非常善良的貴族。
就貴族男性而言，法斯特大人沒有什麼欲望。
瑪麗安娜大人以前離開領地從事軍務時，多少會買一點髮飾或是戒指。
這些東西全都用在日常生活當中，例如自家領民結婚之時。
又或者是村裡男性與鄰近領地通婚，以及為了領民迎接其他村莊的男性，會在這些時候全部分送出去。
這些男人都很高興，但是我感覺法斯特大人似乎愈來愈不像個男人，為此傷心。
因此我曾經問過一次：
「那些髮飾或戒指，您不覺得可惜嗎？」
「髮飾什麼的不適合個頭太高的我。至於戒指嘛。」
法斯特大人伸出滿是劍繭與槍繭的粗糙手指。
我因為這番發言感到後悔。
買自城鎮市場，並非訂製的戒指無法套進法斯特大人的手指。
不知何時，我變得發自內心輕蔑上一代波利多羅卿——瑪麗安娜大人。
難道她不疼愛自己的兒子嗎？
就在我如此懷疑之時，瑪麗安娜大人病倒了。
她的身體本來就不好。

於是十五歲的法斯特大人開始代替她從事軍務。

在執行軍務時，他曾對我提過奇怪的問題。

「像我這樣的男性騎士，難道只有我一個嗎？」

我實在難以啟齒。

這種事不是常識嗎？

然而還是必須回答。

「蠻族——失禮了，聽說維廉多夫有，但在安哈特王國並不存在。」

就跟蠻族一樣。

我因為可能侮辱了法斯特大人感到膽戰心驚時，法斯特大人輕聲說道：

「這樣啊。原來如此。」

這樣反倒輕鬆。

那張臉像是在這麼說。

因為我這句話而憤怒，或是因為瑪麗安娜大人將自己培養成男性騎士而憤怒——完全感覺不到這類的情緒。

然後他再度開口：

「我還想問一件事。如果我身為騎士有所活躍——」

我的母親會為此欣喜嗎？

他如此問道。

我無法回答這個問題。

我無法理解法斯特大人的想法。

這是渴望失去理智的母親給予愛情嗎？

還是希望不符常理的母親有所常識呢？

我無法斷定是哪一種。

——於是又過了五年的歲月。

我和姊妹們共享一名丈夫而結婚，法斯特大人則是長成身高逼近兩公尺的青年。

這時臥床不起的瑪麗安娜大人終於開始咳血。

與瑪麗安娜大人的永別之日逼近了。

「這下要與母親大人道別了嗎？」

如此呢喃的法斯特大人打開寢室的門。

他的聲音微微顫抖。

隔著門的寢室一片安靜。

村長、已經自從士長退休的母親、法斯特大人，還有我。

然後是躺在床上，即將斷氣的瑪麗安娜大人。

「法斯特。」

瑪麗安娜大人呼喚那個名字。

法斯特大人靠近床畔，瑪麗安娜大人現在已經連湯都喝不下去，變得骨瘦如柴。她溫柔輕撫他的臉龐。

「法斯特。手。」

法斯特大人伸出手。

瑪麗安娜大人用顫抖的雙手，握住那雙滿是劍繭與槍繭的手。

瑪麗安娜大人接著靜靜地——萬分平靜地說出最後一句話。

「對不起，法斯特。」

瑪麗安娜大人握住那雙手，像是贖罪一般道歉的瞬間。

傳來一道聲音。

「咿——」

那個聲音。

既像是抽搐，又像是嬰孩抽泣，彷彿以利爪劃過眾人心頭的聲音。

那是難忍嗚咽的聲音。

法斯特大人抽抽噎噎地哭了起來。

他無法壓抑情緒，一邊哽咽一邊開口：

「不是的。不是這樣。母親大人，不是的。妳真的誤會了。」

法斯特大人反過來有如贖罪一般搖頭。

他握緊瑪麗安娜大人的手說個不停：

「我一點也不覺得難受。這輩子從來不曾恨過妳。我什麼都、什麼都還沒辦到。還沒有報答妳的恩情。我應該與妳多說點話。我應該更——」

法斯特大人淚流不止，似乎不願承認眼前現實接連開口：

「我還沒有孝順妳。未免太早、太早了。我現在終於明白了，我是真心把妳當成母親敬愛——」

「法斯特大人。」

法斯特大人與瑪麗安娜大人彼此握住的雙手。

這是要分開雙方的手嗎？

不，更像是不讓雙方分開，我的母親伸手緊緊包覆雙方的手，輕聲說道：

「法斯特大人。」

我的母親想說些什麼，但是顫抖的舌頭無法編織話語，只能呼喚法斯特大人的名字。

瑪麗安娜大人已經過世了。

無法告知這個事實，我的母親只是一邊流淚，一邊不停呼喚法斯特大人的名字。

不需要別人多說什麼，握著那雙手的法斯特大人想必比誰都明白吧。

但是法斯特大人仍然對著瑪麗安娜大人的遺體說道：

「我什麼都還沒……什麼都，還沒……」

茫然自失的法斯特大人不停流淚。

我在那天第一次見到法斯特大人哭泣。

同時我也明白，世上有種唯獨親子雙方才知道，而且到了離別之時才能察覺的愛。

啊啊——

我聽見法斯特大人的聲音。

「赫爾格。」

赫爾格。

這是波利多羅領的從士長，身為法斯特家臣的我的名字。

「是，法斯特大人。」

「英格莉特大人要離開了。幫她開門。」

我默默開門，低頭目送英格莉特大人離去。

之後會有其他從士送她到馬車那邊吧。

「赫爾格，妳進來一下。」

「好的。」

聽見法斯特大人開口，我進入待客室。

坐在椅子上的法斯特大人似乎在煩惱什麼。

「英格莉特到底想說什麼？」

這句話像是在問我，也像是單純的自言自語。

他用難以分辨的語氣，對著待客室的空間低語。

「好吧，也別站著。赫爾格，妳坐那邊吧。」

「是。」

我遵照命令，坐在法斯特大人面前的椅子上。

法斯特大人看到我坐下之後，像是抱怨一般開口：

「我究竟何時才能結婚啊？」

「明白法斯特大人魅力的女性想必很快就會現身。」

我這句話發自內心。

真是的，世上眾人都沒有眼光。

瞧不起男性騎士的法袍貴族們。

把法斯特大人和我們派去送死的王室。

仰仗權力，老是想摸法斯特大人屁股的亞斯提公爵。

無論是誰都讓人感到厭煩。

在我的心目中，世上只有法斯特大人稱得上尊貴。

「法斯特大人，我們早點返回波利多羅領吧。老婆就趁現在隨便找一個吧。事到如今不是挑剔的時候了。」

「……和以前不一樣，妳也愈來愈敢講了。」

以前的我只要面對貴族，每次開口都感到膽戰心驚。

法斯特大人如此開我玩笑。

我單純是因為直言勸諫對法斯特大人有益，因此不惜冒被砍頭的危險罷了。

「至於方便的對象嘛，不是有第二王女親衛隊嗎？」

「嗯……是很方便沒錯。不過無法指望王室或是法袍貴族的人脈就是了。第二王女親衛隊幾乎都是被老家放棄的次女或三女，盡是些最低位階的終身騎士吧？」

法斯特大人如此回答。

我直言道：

「真的需要王室與法袍貴族的人脈嗎？」

「……是不需要。」

法斯特大人以冷靜的表情如此回答。

我的直言勸諫的確有效。

「既然如此，就趁這次軍務——陪伴瓦莉耶爾第二王女初次上陣，順便找個還不錯的美女吧。」

「請您務必這麼做。」

如果可以，最好是足夠強悍的女性，讓法斯特大人不必再代替女性執行軍務，而且還要強悍到足以讓眾人認同她能繼承波利多羅卿之名。

我一面祈禱，一面向法斯特大人徵求起身離席的許可。

※

數不盡的後悔。

對於亡母的後悔真的數也數不清。

儘管強忍身體病痛從事軍務疲累不堪，母親還是每年會從城鎮市場購買禮物回家。

撐著不時臥床的身體，母親教導我統治與經營、劍術與槍術等等，所有身為領主騎士需要學會的一切。

為何愚蠢的我直到母親性命迎來終點之時才能理解呢？

因為我有前世的關係嗎？

那又如何，混帳東西。

一想到母親因為對我的教育感到後悔，最後在不該如此殘酷對待兒子的後悔當中逝去，就對自己的所作所為感到想吐，讓人想死。

但是我不能真的去死。

這是母親賜給我的寶貴身體。

從母親手中接過的領民、土地、波利多羅之名，今後非得繼續守護下去不可。

為此——

「從第二王女親衛隊當中找人啊……雖然我想找能夠理解邊境狀況，武官的官僚貴族次女之類的對象。」

不過赫爾格的說法也有道理。

我打從心底不想與宮廷鬥爭扯上關係。

話說回來，我本來就不該成為第二王女顧問。

「可是第二王女親衛隊——」

我不由得語帶遲疑。

是那個喔？

若是要我一語道破——

「對莉澤洛特女王來說就是提供給替補的垃圾堆。」

只能說出這麼難堪的評語。

我閉上嘴巴，對於只能從中挑選老婆的自己感到煩躁。

她們之中真有人能承擔領主的責任嗎？我對此深深感到懷疑，同時移動到床鋪，決定暫且小睡片刻。

第8話 親衛隊長薩比妮

「所以說，懇請您從歲費當中撥出買春的經費，瓦莉耶爾大人。」

「妳們這群猴子。不，這麼說對猴子太失禮了，給我向猴子道歉。」

安哈特王國的王宮。

在瓦莉耶爾第二王女專用的個人房內，瓦莉耶爾正在斥責自己的親衛隊長。

再次重複。斥責的對象是親衛隊——她自己的親衛騎士們的隊長。

這名親衛隊長懇求瓦莉耶爾，拜託她從歲費裡撥款讓親衛隊所有人買春。

「這是必要經費！瓦莉耶爾大人！這是必要經費……無可避免的固定支出！」

「到底是有什麼思考迴路，才能得出妳們買春能向財務官僚申請歲費的理由，妳解釋給我聽啊！這群黑猩猩！」

一直以來都是這樣。

在滿十歲那天，母親——莉澤洛特女王給了她這支親衛隊後，瓦莉耶爾第二王女的胃痛就有如與生俱來的痼疾。

黑猩猩。

分類為哺乳綱靈長目人科黑猩猩屬的類人猿。

如果擔任第二王女顧問的法斯特也在此，想必會如此低語吧，遺憾的是他不在場。

不，如果男性騎士就站在一旁，應該不至於提出這種莫名其妙的要求吧。

不過，或許還是會說。

因為這些傢伙真的就是黑猩猩。

氣喘吁吁的瓦莉耶爾第二王女擺出不耐煩的模樣尖聲叫道：

「來啊，說來聽聽。好歹準備了什麼理由吧？快點說給我聽。」

「第二王女殿下瓦莉耶爾大人，要向您如此陳情實在令人萬分歉疚，在下只能對自己的無能深感羞恥——」

瓦莉耶爾第二王女親衛隊長是薩比妮。

在親衛隊裡沒有人會稱呼姓氏，就只是個名為薩比妮的十八歲女性。是頭黑猩猩。

自我主張強烈的胸部向前大幅突出，頭髮則是閃亮的金髮。

雖然身為騎士，頭髮卻是長得嚇人，有如覆蓋乳房一般垂於身前。

應該稱得上是美人吧。

她的美貌確實足以讓人不禁看得入迷。

沒有人會批評這一點。

遭到批評的是其他問題。

兩隻眼睛閃閃發亮，然而那份忠誠絕非忠於王室。

雖然對待上司瓦莉耶爾第二王女抱持忠心，但是王室在她心中無足輕重。

問題就在這裡。

那是變態的眼神，就像不惜為了信仰奉獻身心的狂熱信徒，將理性獻給暴力。

王室對她來說一點也不重要，只要能在第二王女的權力庇護下享受最大限度的自由，她對俗世的爭紛毫無興趣。

深信暴力正是無與倫比的力量，她甚至相信只要自豪的握力足夠強，就能捏扁世間的一切。

這種跳脫常理的黑猩猩真的需要姓名嗎？

這傢伙根本不需要名字吧？

區區的第二王女難道沒有剝奪名字的權限嗎？瓦莉耶爾不禁如此心想。

但她還是默默聽著薩比妮繼續說下去。

瓦莉耶爾催促她說下去的態度，不知為何被薩比妮誤解為瓦莉耶爾願意接受請願，因此眼睛發亮高聲喊道：

「本次調查意外發現第二王女親衛隊的十五名隊員，竟然所有人都還是處女！」

「誰理妳們啊！」

感到胃痛的瓦莉耶爾如此回答。

八竿子打不著。

真的不關我的事。

啊啊，好羨慕姊姊大人啊。

雖然安娜塔西亞第一王女的親衛隊同樣是由武家的法袍貴族的次女或三女所組成。

但是絕非這種黑猩猩集團。反倒是老家認同其才華，矚目其未來，才會加入親衛隊的菁英分子。

在姊姊大人成為女王之時，她們將會成為世襲騎士，甚至被允許擁有自己的家名吧。

第一王女親衛隊的隊員人數是三十。

相較之下，第二王女親衛隊的隊員人數則是十五。

數量方面也有露骨的偏袒。

不，我也不想增加更多黑猩猩就是了。

為何母親大人莉澤洛特女王要把這群黑猩猩交給我呢？

難道真的那麼厭惡我嗎？

瓦莉耶爾會這麼想也是人之常情。

「瓦莉耶爾大人的初次上陣已經迫在眉睫嘍？」

「我初次上陣和妳們還是處女有任何關係嗎？這群蠢材！」

瓦莉耶爾放聲吶喊。

她氣得大口吸氣，站起身來發自內心地大叫。

然而薩比妮則是回答：

「就這麼維持處女之身死在初次上陣的戰場，就騎士而言實在太過空虛。這股空虛究竟從何而來？根源就是處女！那麼只要捨棄處女就好！大家一起去賣春戶，用那裡的男人揮別處女吧。我們在昨天初次上陣的行前晚宴上已經說好了，決定向您提出請求！」

真是啞口無言。

瓦莉耶爾已經聲嘶力竭。

她坐回椅子上。

就是那個吧。

總之這些傢伙就是笨蛋。

我早就知道了。

反正我只不過是替補嘛。

會分配給我的人，也只有這種被老家放棄的正牌蠢材。

瓦莉耶爾露出虛弱的微笑如此自嘲。

接著輕聲低語。

「……我也是處女啊。」

「哦哦，既然如此——」

薩比妮睜大那雙彷彿以星光點綴的閃亮雙眸。

然後大喊：

「我們一起去賣春戶吧！」

「誰要去啊！這個蠢材！」

瓦莉耶爾終於再也忍受不了，猛然起身一把抓住薩比妮的衣領。

隨後她使勁搖晃薩比妮的脖子加以交代：

「只不過是賣春戶，給我自己出錢去。自己出錢，懂嗎？」

「我、我等第二王女親衛隊隊員包含隊長在內，都是法袍貴族當中位階最低的終身騎士。薪餉微薄，一旦過著符合身分的生活，或是做好參軍準備，就只剩勉強能養活自己的薪餉。實在沒錢去那種注重預防性病的高級賣春戶……」

「我知道妳們沒有錢。不過妳們好歹是騎士吧！流著貴族的藍血吧？我又不是叫妳們去勾引各地獻給王室的侍童，要找個平民男子應該不困難吧？」

啊啊，感覺聲帶快不行了。

瓦莉耶爾覺得胃部隱隱作痛的同時，接下來又得擔心嗓子會不會沙啞。

「我們是騎士！身上流著藍血！身為貴族，絕對無法與平民交合！」

「賣春夫就可以嗎？」

「賣春夫是職業所以沒關係！」

真不希望妳分得這麼細。

真的不希望。

瓦莉耶爾放開薩比妮的衣領，雙手摀住自己的臉。

乾脆像個孩子嚎啕大哭還比較舒暢。

「那麼那個。妳想想，呃……該怎麼說。」

該怎麼說才好。

這幾個傢伙雖然愚蠢，卻又莫名堅持騎士的自尊，所以格外麻煩。

這群黑猩猩。

瓦莉耶爾邊在心中如此咒罵，邊從覆蓋臉龐的指縫看著一頭霧水的薩比妮。

隨後吐露發自內心的一句話：

「妳們乾脆初次上陣就陣亡，一輩子處女吧。」

倘若真是如此，瓦莉耶爾將額手稱慶。

「為何說出這麼過分的話語？」

薩比妮大受震驚。

從來沒聽過這麼殘酷的話。

她的表情寫著這個想法。

拜託，自從妳們成為親衛隊之後的這四年裡，類似的話我已經講過好幾次了吧。

去死吧。

拜託妳們去死。

我的身邊只要有法斯特一個人就好。

甚至讓她萌生如此決心。

這四年來的慘狀已經足以讓瓦莉耶爾第二王女產生胃痛的毛病。

瓦莉耶爾不禁如此心想。

比起這幾個騎士，法斯特的從士長赫爾格絕對比較能幹喔？

話說這幾個真的受過騎士教育嗎？

沒有被放棄教育嗎？

絕對有吧。

肯定是因為嫌麻煩，大家紛紛把燙手山芋扔到名為第二王女親衛隊的棄老山吧。

也許真的是從猴子山撿回來的黑猩猩，這種可能性也不是零吧？

別說是藍血了，瓦莉耶爾甚至忍不住懷疑親衛隊是否真的是人類。

不過還是到此打住。

「不，黑猩猩還比較聰明吧。」

瓦莉耶爾決定相信黑猩猩的知性。

十五隻吱吱叫的黑猩猩在我面前俯首聽命。

這樣說不定還比現實好一點。

啊啊，胃好痛。

「瓦莉耶爾第二王女殿下，求求您不要捨棄我們。被父母放棄、形同被逐出家門來到這裡，第二王女親衛隊是我們唯一的歸宿。求求您！」

薩比妮抱住瓦莉耶爾的小腿。

薩比妮等人組成的親衛隊與瓦莉耶爾第二王女之間的聯繫，並非對於王室的忠誠。

沒人要的孩子。

派不上用場的孩子。

而是建立在這樣的同病相憐之上。

正因如此，瓦莉耶爾一直以來沒有捨棄薩比妮這些人科黑猩猩屬。

但是忍耐也到達極限。

況且這些傢伙是不是有什麼誤會啊？

雖然是初次上陣，對手只是區區的山賊喔。

我用開導般的語氣對著薩比妮說道：

「話說回來，根本沒必要因為初次上陣就覺得會死。我們有第二王女顧問法斯特的輔佐喔。砍下的山賊頭顱破百，在與維廉多夫交戰時斬殺蠻族的雷肯貝兒騎士團長。甚至有人認為法斯特『憤怒騎士』是我國最強的騎士喔。」

沒錯。瓦莉耶爾第二王女的顧問。

「憤怒騎士」法斯特．馮．波利多羅。

只要這個男人隨侍身旁，瓦莉耶爾絲毫不認為自己會喪命。

就算是莉澤洛特女王，或是安娜塔西亞第一王女也不用擔心吧。

「有空煩惱自己會死的話，不如多多鍛鍊劍術！」

「對了，還有波利多羅卿啊！」

薩比妮像是突然想到這件事，握起拳頭「咚！」敲了一下手。

啊，這頭黑猩猩的嘴巴肯定吐不出象牙。

我很明白。

憑藉著四年來的經驗。

瓦莉耶爾如此心想。

「就請波利多羅卿擔任我們十五名處女的對象吧。瓦莉耶爾大人也一起——」

於是默默舉起擺在一旁的花瓶，敲向薩比妮的腦袋。

※

「呃，親衛隊長薩比妮受傷了？」

「很嚴重喔。頭部受了重傷。」

這裡是安哈特王國的王宮。

在瓦莉耶爾第二王女專用的房間哩，法斯特納悶地搔了搔頭。

「雖然想討論初次上陣的計畫——既然撞到頭那也沒辦法。出發之前能治好嗎？」

「我會逼她治好的。不過現在沒辦法正常說話。所以計畫就我們兩個討論就好。」

「遵命。」

我低頭行禮，坐在從士長赫爾格為我拉開的椅子上。

隨即看向擺在桌上的安哈特王國地圖。

「地點是安哈特直轄領，根據派遣至領民大約一百的小村莊的地方官報告，山賊人數是三十人。」

「三十名對手的話，有我的二十名領民和十五名親衛隊應該能夠解決。老實說，考慮到安全的話，希望有兩倍於敵人的人數就是了。」

「雖然是在姊姊大人的指揮下，但是法斯特擊退了一倍以上的維廉多夫，就連你也會這樣說啊？」

我再度搔頭。

一邊搔頭一邊低吟。

那場戰鬥真的是在鬼門關前走一遭。

如果沒有在決鬥當中打倒雷肯貝兒，想必會就此戰敗吧。

老實說，真不想再次經歷那種事。

我搖搖頭把過去拋在腦後，將討論導回正軌。

「世上並不存在所謂的必勝。如果情況允許，我也想從領地叫來更多領民——」

「據說山賊已經在村莊周遭遊蕩，開始襲擊旅行藝人和商人。已經沒有時間了。」

「那就沒辦法了。」

我也放棄動員更多領民的念頭。

也罷，這個世上本就是大部分的事都不如人意。

況且老實說，我有自信一個人就能解決區區三十名山賊。

畢竟「憤怒騎士」這個名號名不虛傳——實際上只是因為勃起痛得我臉紅脖子粗。

還有就是決鬥的對手強得誇張，讓我甚至忘記疼痛，拚上性命瘋狂戰鬥罷了。

總而言之那個名號雖然讓我感到羞恥，但是我身為騎士的戰鬥技術已經踏入超人的境界，對此我也有所自覺。

「那麼就在三天後出發。」

「是啊，軍糧也已準備完畢。至於水只要沿著地圖的道路前進就沒問題。」

「我的領民雖然習慣軍務，不過因為是徒步，可能會耽誤到部隊行進，這個部分還請見諒。」

「……說起來丟臉，但是我的親衛隊也都是徒步。根本沒錢能夠準備馬匹啊。騎馬的只有我和法斯特而已。」

臉紅的瓦莉耶爾第二王女如此說道。

我不禁苦笑。

我明白空有貴族之名的最低階騎士有多貧困。

完全沒必要感到羞恥。

所有人都自備馬匹的第一王女親衛隊才是異常。

再加上——

「好久沒有見到第二王女親衛隊的各位，我也很期待。」

只有在兩年前見過一次面的女性們。

當時稚氣未脫的少女們，如今也到了十八歲的適婚年齡，這讓我滿心期待。

我少數能夠指望的伴侶人選。

「是、是啊，沒錯。我一定會好好叮嚀她們，要她們在法斯特面前好好表現。」

瓦莉耶爾第二王女不知為何用手按著胃部回答。

第9話 初次上陣的訣竅

「果然還是不行啊！」

第二王女親衛隊長薩比妮以遺憾至極的語氣大喊。

身為親衛副隊長的漢娜回答：

「不，這也是理所當然的吧？」

她皺起留有雀斑的樸素臉龐。

右手輕撫剃短的頭髮，因為薩比妮的愚蠢感到頭疼。

漢娜認為瓦莉耶爾第二王女殿下的責備完全正確。

那確實是讓人可以接受的回答。

就算瓦莉耶爾大人真的同意，財務官僚也不可能因為這種理由——為了去賣春戶這種理由而批准。

打從一開始就沒有抱持期待。

儘管如此卻沒有阻止，是因為心中懷有一絲也許有機會過關的希望。

親衛隊全員年滿十八歲卻都還是處女的希望。

不由得期待奇蹟發生。

這難道是種罪孽嗎？

「不過我聽到另一個好消息。不，應該說我想起來了。還有波利多羅卿！」

「波利多羅卿？」

第二王女顧問。

人稱在維廉多夫戰役當中，立下就騎士個人而言無上功績的男人。

就連亞斯提公爵都無計可施，即將放棄的場面，憑藉個人的武勇顛覆戰況。

這個國家唯一的男性騎士。

「波利多羅卿怎麼了嗎？」

「妳真的不懂耶，漢娜。波利多羅卿喔，神聖處男喔，領主騎士喔。」

「呃～」

搞不懂她到底想說什麼。

在這間第二王女親衛隊經常造訪的便宜酒館裡，十五個人全員到齊。

為了至少能在初次上陣前喝杯小酒，每個人都把錢包翻個底朝天，將銅幣換成銀幣，買下一整桶的酒。

就這麼十五個人占領這間便宜酒館。

漢娜掃視酒館，感覺每個人的臉上都寫著哀愁。

漢娜當然有自己也包含在內的自覺。

「說不定是這個安哈特王國最強騎士的那個男人喔。」

「我知道。」

吟遊詩人傳唱的英傑頌歌已經聽到耳朵長繭了。

在維廉多夫戰役裡，年輕的亞斯提公爵面對維廉多夫，戰術方面犯下的唯一失誤。

後方地帶一時之間為之崩潰。

若是說得更詳細一點，就是作為戰略要地的安娜塔西亞第一王女據點被蠻族的斥候發現，三十名蠻族精銳悄悄滲透並且突襲據點。

因此造成通訊器——魔法水晶球暫時失效。

水晶球只傳來刀劍交擊聲，以及死者的慘叫聲。

安娜塔西亞第一王女莫非已經遇害？亞斯提公內心的動搖在常備軍之間擴散，導致部隊的士氣因此瓦解，陷入混亂。

像是看準這陣騷動，兩倍於我方的維廉多夫軍包圍亞斯提公爵指揮的部隊。

在此之中，唯一理解狀況的波利多羅卿為了突破死地帶領著區區二十名領民，朝著五十名的騎士團發起突擊。

他揮劍斬殺擋路的士兵，打倒九名騎士，孤身挑戰蠻族的前線指揮官——雷肯貝兒騎士團長，成功斬殺敵將，但是並未奪回首級，而是當場鄭重歸還。

「強悍的女人。我這輩子都不會忘記這場戰鬥吧。」留下這句話，身穿染血鎖子甲的他臉上掛著憤怒表情，不理會震驚的眾多敵兵，兀自返回我方前線。

前線指揮官戰死，蠻族瞬間遲疑不決，戰場因此停滯。

這時安娜塔西亞第一王女也在據點擊退敵軍，隨著通訊恢復，亞斯提公爵指揮的常備軍重振士氣。

那個男人憑藉個人的武勇，顛覆了絕對不利的戰況。

這樣當然會被寫成頌歌傳唱。

況且男性騎士本來就是吟遊詩人眼中最棒的題材。

「可是波利多羅卿是個身高兩公尺，滿身肌肉的壯漢耶。」

一名親衛隊員如此說道。

意思是不太合我的喜好。

大概是和漢娜一樣，覺得不該侮辱第二王女派系吧，不過這種程度的低俗話題還在談論喜好的範疇裡。

「不過亞斯提公爵公開表示他的屁股至高無上喔。妳們真是搞不清楚狀況耶。男人最重要的是屁股啦，屁股。」

另一名親衛隊接著開口。

意思是我是屁股派的。

雖然與主題無關，但是亞斯提公爵確實曾經一度無法按捺本能，揉了波利多羅卿的屁股。當波利多羅卿指揮的領民群情激憤包圍她時，她說出了瘋狂的評語：「是啊，我的確揉了波利多羅卿的屁股，總之真是太讚了。我這個人只要摸到屁股就忘了周遭一切。看樣子下地獄也要繼續揉屁股了。」雖然大眾普遍認為這是吟遊詩人的加油添醋——

然而一切都是事實。

亞斯提公爵揉了波利多羅卿的屁股，最後靠著支付賠償金勉強逃離地獄。

話題拉回親衛隊。

「男人的重點在於小兄弟啦。只要有下面那根就好，其他不要管那麼多。」

另一名親衛隊如此說道。

她完全就是小兄弟派。

換言之就是下流話題。

討論已經完全進化成開黃腔——不對，應該說是退化。

這個親衛隊總是如此。

開口閉口都是低級話題，只要有空就到訓練所揮劍舞槍。

腦袋裡也是肌肉。

說穿了就是一群黑猩猩。

不對，這種說法甚至對黑猩猩顯得失禮。

不過薩比妮這些親衛隊成員絲毫不在意社會的風評。

並非因為心高氣傲。

單純只是恬不知恥。

會因此感到羞恥的隊員，大概只有副隊長漢娜一個人。

「妳們幾個收斂一點。黃腔居然開到同屬第二王女派系的領主騎士身上，這也未免太過分了……」

漢娜感到頭疼了。

一旦與薩比妮扯上關係，不管是誰都會變得有點奇怪。

最讓漢娜傷腦筋的是自己不時也會想參與這種無意義的話題。

身為這支小小的第二王女親衛隊成員，她一點也不討厭說些沒意義的蠢話取樂。

「我再說一次。妳們聽好了。波利多羅卿喔，神聖處男喔，領主騎士喔。」

「所以那又怎麼樣？」

再也忍不住的漢娜開口發問。

到頭來，薩比妮究竟想說什麼？

儘管我們是由最低階的法袍貴族組成，也不應該拿自己人當成下流話題的對象。

雖然這是她原本的用意——

「只要成為波利多羅卿的老婆，就能脫離當下的貧窮生活。」

便宜酒館頓時鴉雀無聲。

十五名親衛隊隊員同時噤聲。

隨後她們各自打起獨善其身的算盤。

或者該說是妄想。

毫無疑問只是妄想。

自己只是最低階的終身騎士，卻能成為領主騎士！

還能得到處男的丈夫。

對自己這群人而言簡直就是癡人說夢。

「各位，我們只有區區十五人。只不過是最低階的終身騎士。」

砰！親衛隊長薩比妮拍打桌子。

擺在桌上的麥酒稍微溢了出來。

「但是、但是啊。我明白各位都是性欲強烈，妄想自己能以一擋千的戰爭處女。」

啊，麥酒好浪費。

薩比妮似乎發現這件事，想用舌頭舔舐桌上的麥酒。

——但是又想到自己好歹流著藍血，於是打消這個主意。

隨後為了避免下次拍桌時酒再次溢出，於是一口把酒乾了。

「嗝！」

薩比妮大聲打嗝。

這是一口氣喝下整杯酒的代價。

漢娜以看待垃圾的眼神注視這一幕。

打完嗝的薩比妮再度說道：

「那麼我們十五人已然是仇敵。這裡的每個人同樣不共戴天！」

唯有一個人能夠成為波利多羅卿的妻子。

這麼一來我等親衛隊當然會反目成仇。

去死吧，過去曾是吾友的女人。

除了漢娜以外的所有人瞪視彼此。

「然而！各位暫且冷靜！我們其實還有一個手段。」

薩比妮像是要讓親衛隊冷靜下來，隨即提議：

「我們現在就去找波利多羅卿，大家一起跪下來拜託他幫我們擺脫處女吧。如此一來在初次上陣前捨棄處女之身這個願望說不定就會實現。」

「我不要。」

一名親衛隊員如此回答。

那是除了薩比妮之外的所有人共同想法。

畢竟瓦莉耶爾第二王女殿下平常雖然囉嗦，其實對待她們相當縱容，要是這麼做絕對會被她宰了。

這是眾人的共同想法。

無論如何，初次上陣迫在眉睫。

在初次上戰場時，要讓我們的瓦莉耶爾第二王女殿下，以及將來的丈夫（妄想）波利多羅卿見識親衛隊的英勇表現。

所以眾人決定暫時擺出正經的模樣。

雖然還不曉得能否辦到。

老實說，自己也沒有自信。

不，說不定自己的本性更符合波利多羅卿的喜好吧？
心中懷抱這般不切實際的妄想——
十五名第二王女親衛隊結束宴會，離開便宜酒館。
「這個親衛隊裡面只有蠢蛋嗎？」
親衛隊副隊長漢娜悲傷地自言自語。

※

我不知該如何面對姊姊大人。
與美貌恰巧相反的雙眼，宛如蛇或爬蟲類的眼睛一旦看過來，我就會渾身僵硬。
只不過每個人都是這樣吧。
就連法斯特都不擅長面對姊姊。
「瓦莉耶爾。」
我的姊姊大人，安娜塔西亞第一王女開口了。
「有什麼事嗎，姊姊大人？」
我避開她的視線，如此回答。
不知為何被叫到姊姊的房間——第一王女專用的房裡，默默坐在長椅上。
應該不至於突然被她殺掉吧？

如果真要殺我，應該更早就下手了。

雖然心裡這麼想，瓦莉耶爾還是無法按捺膽戰心驚的感受。

「現在傳授妳初次上陣的訣竅。仔細聽好了。」

「好的。」

初次上陣的訣竅。

莫非姊姊大人對妹妹萌生了親情？

不不不，這怎麼可能。

我從孩提時代便總是畏懼姊姊大人的視線，躲在父親大人的背後四處逃竄。

現在回想起來，那個舉動一定更加招致姊姊大人的憤怒吧。

不過我是在父親過世之後，姊妹之間的對話變得更少才察覺這件事。

「戰場上任何狀況都可能發生。事先得到的情報與事實有所出入，可能會在短短數小時後發現錯誤。原本以為自己待在安全的後方，也有可能突然遭到敵人的精銳部隊突襲——而且……」

姊姊大人閉上眼睛，彷彿回憶起什麼一般呢喃。

「自己所愛的人突然喪命也不奇怪。」

「……」

我沉默不語。

姊姊大人失去了心愛的人嗎？

姊姊大人所愛的對象，我還以為這個世上頂多就父親大人而已。

「瓦莉耶爾，妳該不會以為我是鐵石心腸吧？除了父親大人之外，當然還有其他心愛的人。」

我的想法輕易被她看穿。

我戰戰兢兢地對姊姊大人提出質問：

「意思是姊姊大人曾在戰場上失去心愛的人嗎？」

「維廉多夫戰役。當時敵方三十名精銳滲透至後方突襲大本營，才華洋溢的三十名親衛隊當中，損失了多達十名。全都是對我效忠的寶貴人物……都是派得上用場的人才。」

呃，這算得上是心愛的人嗎？

從姊姊大人的發言當中，感受不到所謂的情愛。

那真的是對心愛之人的描述嗎？

我雖然感到疑問，但這畢竟是體驗過初次上陣者的寶貴經驗談。

雖然我也問過法斯特，但是那傢伙的初次上陣是「敵人是三十名山賊，我斬殺了其中二十名」這種近乎英雄傳說的內容，根本無法當成參考。

此外還有拷問疑似與山賊串通的可疑村長，以及使之自白的手段等等。

呃，雖然這次可能派上用場，但是我不想要這些知識。

法斯特雖然個性耿直又木訥，不過多少有些偏離常識。

「好吧，維廉多夫戰役過後這兩年，人員已經補充完畢，沒有大礙就是了。」

不理會我的思緒，姊姊大人繼續說道。

同樣感覺不到情愛。

姊姊大人真心愛過父親大人以外的其他人嗎？

我也不太清楚。

她雖然目前好像盯上我的顧問法斯特，但是理由與我不同。

她追求的肯定不是與父親神似的身影。

想必是想將我國最強的騎士「憤怒騎士」納入自己的麾下吧。

我是這麼覺得。

「瓦莉耶爾。」

她呼喚我的名字。

「即便置身於心愛之人在眼前逝去的狀況，妳也能冷靜應對嗎？」

「……」

這個問題加上姊姊大人的視線，有如咄咄逼人的質問。

我心愛的人？

那究竟是指誰呢？

是那群黑猩猩，第二王女親衛隊嗎？

還是法斯特．馮．波利多羅呢？

我不知道。

我不懂姊姊大人到底想說什麼。

「——以上就是初次上陣前指導妳的訣竅。」

「咦？」

這樣就沒了？

感覺短短幾分鐘就結束了。

我不禁愣在原地，看向姊姊大人的臉。

她的眼神還是一樣教人害怕。

「瓦莉耶爾，離開這裡。回去自已的房間。」

「好的。」

我不禁與她四目相對，除了安靜點頭沒有其他選擇。

第10話 餞行會

「妳好像指點了那孩子有關初次上陣的訣竅啊。」

我的嘴唇離開杯中紅茶，對著安娜塔西亞發問。

這裡是王宮庭院的花園圓桌。

大女兒安娜塔西亞用一如往常的蛇樣眼光直視著我，同樣啜飲紅茶。

「母親大人是從何處得知的呢？」

「瓦莉耶爾自己告訴我的。先前想趁她出發前聊個幾句，她就告訴我了。」

把茶杯靠近嘴邊。

將紅茶含在口中，慢慢喝下一口的分量。

接著再度開口：

「我們之間的對話經過侍童走漏，在法袍貴族之間成為話題喔。她們說那個安娜塔西亞第一王女殿下，居然會對妹妹抱持親情。」

「真是失禮。當然有親情。」

安娜塔西亞和平常一樣面無表情，如此斷言。

「不過我也不曉得為什麼這麼做。我討厭那孩子。」

「哎呀。」

安娜塔西亞竟然會直接表明自己的好惡，這點真的十分稀奇。

也許情緒稍微有點激動吧？

「從小總是害怕我，一直躲在父親大人背後。自從父親大人過世之後，總是看著我的臉色，態度畏畏縮縮。坦白說我就是討厭她。」

二女兒瓦莉耶爾十分平庸。

就像所有才華都被先前出生的安娜塔西亞奪走。

那孩子連替補都無法勝任。我在她十歲左右時，以女王的身分放棄了那孩子。

萬一安娜塔西亞有什麼三長兩短──說穿了就是喪命時，就讓王位第三順位繼承人亞斯提公爵繼承安哈特王國。

我甚至一度這麼考慮。

不過到了安娜塔西亞平安長大到十六歲的今天，那種想法逐漸成為杞人憂天。

「這麼說來，那孩子小時候時常溜到床上啊。真是懷念。總是抱著丈夫睡覺。」

因此與亡夫之間的性生活，自從那孩子誕生後便稍微有所減少。

──確實有些怨恨。

不過如果沒發生那個人遭到毒殺這件事，我也不至於感到怨恨吧。

至今仍未找到犯人。

雖然無論如何就是無法放棄，但是調查需要動用人員與費用。

也許到了應該放棄的時候。

我憂鬱地嘆了一口氣。

隨後再度開口：

「妳是真的厭惡瓦莉耶爾啊。」

安娜塔西亞回答我：

「……還不至於希望她去死。好歹也是父親的孩子。」

安娜塔西亞的心情似乎也很複雜。

那是因為她不願讓疼愛瓦莉耶爾的亡夫失望，又或是因為對妹妹的親情呢？

這點我也無法分辨。

我不會為了無法分辨感到羞愧。

我雖然是母親，更是選侯國安哈特王國的莉澤洛特女王。

身為當政者，需要的不是人情世故。

人情世故有時候反而會礙事。

瓦莉耶爾不只是能力平庸，更糟糕的是太重情義。

只把那孩子當成替補，我不認為這是錯誤。

我如果判斷失誤，等同背叛臣民。

女王必須是最為強悍、最為賢能。

好吧，這點暫且不提。

我決定稍微換個話題。

這是攸關國家未來的事。

「吟遊詩人……當初讓吟遊公會宣揚『論戰略是安娜塔西亞，論戰術是亞斯提公爵』的言論真是太正確了。序列自然這麼定下來了。」

「原來那是母親大人的安排啊。」

資助吟遊公會，要求他們如此宣傳。

將來掌握國家中樞的是安娜塔西亞第一王女，至於亞斯提公爵則是成為其左右手做出貢獻的傑出人才。

就兩人擁有的能力來看，這是最好的形式。

——我如此誘導國內的民意。

安哈特王國雖然沒有第二王女派系，但是曾經存在可稱為公爵派系的勢力。

比起安娜塔西亞第一王女，更應該立亞斯提公爵為王。包括公爵領，受到公爵麾下的強力常備軍保護的地方領主們紛紛傳出這個聲音。

在維廉多夫戰役之前，那個派系確實存在。

如今已經不復存在。

維廉多夫戰役後，已經完全被第一王女派系吸收。

不過亞斯提公爵本人對於王位毫無興趣這點也有非常大的影響。

儘管如此，如果瓦莉耶爾登上王位——

「欸，安娜塔西亞。假如瓦莉耶爾代替妳登上王位，妳覺得亞斯提會服從她嗎？」

「我認為不會。她大概會為了國家、為了公爵領，嘴裡嘀咕著我其實沒興趣，不情不願地篡奪王位吧。只憑瓦莉耶爾大概根本無從抵抗。」

說得也是呢。

想法得到安娜塔西亞附和，我也認為自己的判斷的確沒有錯。

亞斯提公爵，說穿了她就是瞧不起瓦莉耶爾。

她討厭庸才。

反過來說，面對法斯特．馮．波利多羅那種才華有如閃爍星光的傑出人才時，她那種不帶分毫嫉妒的好感，我也同樣無法理解。

事實上，對於理應是王位競爭者的安娜塔西亞，亞斯提公爵從過去便表示好感。

之所以成為第一王女顧問，也是她自己提議的。

說穿了就是個放蕩不羈的性情中人。

若是要用一句話形容亞斯提公爵，人人都會這麼說。

稍微掙脫爵位與家世的束縛，按照自己的想法自在過活。

我覺得有些羨慕。

我有時也會渴求自由。

法斯特．馮．波利多羅——

有時甚至有種錯覺，誤以為他是亡夫轉世投胎。

事實上當瓦莉耶爾說她找到自己的顧問，領著他來到王宮時，我不禁有這種錯覺。

明明從年齡來看根本不可能。

好想要。

我的內心渴求那個男人。

「……」

我將變涼的紅茶一口喝乾。

這讓我發熱的腦袋稍微降溫。

我不可能得到他。

大女兒安娜塔西亞執著於那個男人。

究竟是和我一樣在他身上見到亡夫的影子，或者是純粹的戀情。

我無從得知——

「安娜塔西亞。」

呼喚她的名字。

「是。」

如此回應的安娜塔西亞將有如蛇一般的視線轉了過來。

「當瓦莉耶爾初次上陣歸來後，差不多該決定要在何時將女王之位讓給妳了。大概會是在妳找到丈夫的同時。妳想要的是法斯特·馮·波利多羅嗎？沒辦法同意他成為正式的丈夫喔。」

「是的。我已經放棄讓他成為丈夫。還有似乎會和亞斯提共享。」

安娜塔西亞以理所當然的態度回答我。

※

「沒人來送行啊。」

姊姊安娜塔西亞第一王女初次上陣時，王都可以說是萬人空巷，大舉歡送第一王女以及其率領的親衛隊一行人。

但是我沒有。

簡直像是偷偷摸摸出發，沒有任何人來送行，我就這麼離開王都邁向初次上陣。

好吧，和蠻族維廉多夫的大戰確實不一樣。

只不過是討伐山賊罷了，居民當然不會特別送行。

再加上我的親衛隊盡是些被老家拋棄的人。

不會有家人來送行。

因此沒有任何人送行也是理所當然的結果。

「您和莉澤洛特女王曾在出發前有過交談吧？而且也聽說安娜塔西亞第一王女指點您初次上陣的訣竅。」

似乎是在安慰我，坐在我旁邊的法斯特低聲說道。

和母親大人的對話只不過是日常生活的寒暄。
沒有任何對於初次上陣的激勵。
至於姊姊大人，老實說我也搞不懂。
和姊姊大人的對話實在太過簡短。
而且最後像是懶得與我繼續說下去，強硬地打斷對話。
不過我不想讓法斯特失望。
「是啊，沒錯。」
我的臉上掛起與心境相反的笑容。
話說回來。
「妳們走的比波利多羅卿的領民還要慢，這是怎麼回事啊，薩比妮！」
「因為裝備很重啊！特別是鎖子甲！」
「波利多羅卿的各位從士同樣穿著鎖子甲啊！」
只用一句話就反駁薩比妮的藉口。
太慢了。未免也太慢了。
現在是預料之外的休息時間，薩比妮等親衛隊癱坐在地。
妳們不都是滿腦子肌肉嗎？
平常的精神上哪去了？
如果從妳們這些黑猩猩身上取走精力，那就什麼都不剩嘍。

虛無。

只剩一片虛無。

「我們很習慣行軍了。初次上陣的薩比妮大人等人會累也很正常。請別擔心，行軍過程會漸漸習慣的。」

波利多羅領從士長赫爾格說出安慰的話語。

好丟臉。

真是太丟臉了。

丟臉到整張臉都要發紅。

「好吧，畢竟是第一次上戰場。」

法斯特的安慰聽起來格外空虛。

聽到初次上陣就斬殺二十名敵人的男人這麼說，也沒有任何安慰效果。

真是受夠了。

話雖如此，就連騎馬的我都覺得有點疲憊。

這是我有生以來第一次離開王都。

聳立於路旁的樹林是否有盜賊潛伏呢？

會不會有迷途的熊突然襲擊我們？

我總是想著這些事。

我的懦弱個性是與生俱來的。

打從小時候起，我就沒辦法與可怕的姊姊大人面對面。
總是躲在父親大人背後，抓著他的褲管躲避姊姊的視線。
我喜歡父親大人。
我看向法斯特的臉龐。
法斯特納悶地發問。
「唔……？瓦莉耶爾大人？」
我不理會他的反應，兀自凝視法斯特的臉。
心情為之平靜。
法斯特的臉會喚起父親大人的回憶，讓我的心情自然平靜。
回想起永遠逝去的童年。
——隨著父親大人遭到毒殺，一去不復返的童年。
嗯。
為什麼父親大人過世了呢？
究竟為什麼？
是誰殺的？
父親大人是個人人敬愛的人物。
就連法袍貴族也不例外，儘管有人揶揄他的樣貌，但是內心總是懷著親近感。
究竟是為什麼？

母親大人——莉澤洛特女王當時近乎發狂，不惜人員與費用試圖找出犯人與原因，但還是找不到，事到如今更不可能水落石出。

我是真心感到遺憾。

如果是殺害父親大人的凶手——說不定就連我都能化身惡鬼。

我是這麼認為的。

也許就能剝下身上這層懦弱的外皮。

這層讓我無能為力，打從年幼時就一直黏著我，名為懦弱的外皮。

「瓦莉耶爾大人，您怎麼了嗎？」

法斯特的發言讓我抽回思緒。

回想已逝的父親大人也於事無補。

我已經放棄了。

母親大人也差不多要終止搜索犯人了吧。

冷靜下來的母親大人一定會這麼做。

這點事就連凡庸的我都能理解。

「沒事，真的沒什麼，法斯特。」

天下不如意事，十之八九。

打從出生起就明白這件事。

我這種讓法袍貴族揶揄「也許所有天賦都被安娜塔西亞第一王女奪走」的庸才，打從出生就應該明白。

不過唯獨剝除這層膽小外皮這件事，希望至少要在死之前能夠辦到。

如果這次初次上陣順利——是不是就能剝除呢？

瓦莉耶爾一邊想著這些事，一邊為了讓身體盡可能地休息，靜靜閉上眼睛。

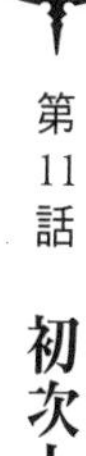

第11話 初次上陣就失敗？

這群傢伙，全是笨蛋。

法斯特・馮・波利多羅以略帶輕蔑的眼神看著第二王女親衛隊。

莉澤洛特女王丟給替補的垃圾堆。

就如同自己說過的話，我一直認為第二王女親衛隊就是這些傢伙。

但是真沒想過居然這麼糟糕。

「聽到人家說！維廉多夫的小兄弟超級大！嗯，讚！好大又好用！」

下流的歌曲。

第二王女親衛隊共十五人，第一天行軍時那副精疲力竭的疲態已經不知去向，看起來精神飽滿的模樣。

她們只花三天就習慣行軍。

在我初次上陣的行軍過程時，因為第一次離開領地的緊張，舉止顯得有失精采。

但是這幾個傢伙只花三天就習慣行軍。

雖然不曉得她們只是一開始不大順遂，或者是精神異於常人。

無論理由為何，總而言之，第二王女親衛隊習慣行軍了。

打從維廉多夫戰役起，朝著五十名騎士團發起衝鋒時一直跟隨在後，至今不曾折損一人的二十名老經驗領民。

親衛隊已經跟得上他們的步調。

這點沒問題。

這確實是好事。

「大就是好！味道好！超級好！你用也好！我用也好！」

親衛隊十五人合唱的下流歌曲。

對此我啞口無言。

行軍途中要唱歌是無所謂。

只是為何非要下流的歌曲？

「薩比妮，現在馬上給我閉嘴……」

瓦莉耶爾大人也是以發自內心的厭煩模樣唸唸有詞。

走在隊伍最前方，不停高歌的薩比妮親衛隊長轉頭回答第二王女：

「瓦莉耶爾大人，請恕我直言，打從遠古起行軍時唱歌就是士兵的權利。」

她以充滿自信的表情回答。

這傢伙是白癡。

況且妳們又不是普通士兵。

雖然是最低階的終身騎士，身上好歹流著藍血，是貴族騎士吧。

「妳們雖然是士兵，同時也是騎士吧。況且……至少法斯特在場時停一下。」

瓦莉耶爾大人一面觀察我的態度，一面怨嘆地低語。

下流行進曲頓時停止。

事到如今才想到有我這個男性騎士在場嗎？

「咦？可是法斯特，你沒有臉紅啊。聽說你對性騷擾沒什麼抵抗力。」

瓦莉耶爾大人看著我的臉如此說道。

正如同她所說，我在大眾之間的形象似乎是會因為亞斯提公爵的性騷擾而滿臉通紅的純情男子。

實際上是因為亞斯提公爵激烈的肢體接觸——那對爆乳貼在我身上，害得我勃起撞到貞操帶，因此痛得面紅耳赤罷了。

不過是這種下流的低級歌曲，有什麼好臉紅的。

「與其說是性騷擾，該怎麼說，她們令人扼腕的程度實在讓我無言以對。」

我坦白說出心中的感想。

「對不起，真的很對不起。」

無視自己第二王女的地位，瓦莉耶爾大人向我低頭道歉。

不，不是妳不好。

是這群蠢蛋的錯。

我不禁嘆息。

「波利多羅卿，失禮了。那麼換其他歌……英傑頌歌如何？」

「就先別唱了吧。目的地已經不遠了。」

我阻止薩比妮再度開始唱歌。

快要到目的地的村莊了。

「據報敵人——山賊就在村莊周邊遊蕩，襲擊旅行藝人與商人。繼續前進有可能遭受襲擊。所有人提高戒備。」

我命令大家進入備戰狀態。

預定兩小時內就會抵達村莊。

我叫來從士長赫爾格，要求包含赫爾格在內的五名從士備妥十字弓。

我的領地持有的五把十字弓是安哈特王國廣泛使用的型號，以滑輪機關拉弦。

全部都是我在十五歲至二十歲從事軍務時，將敵方的東西據為己有。

拿在敵人手上時威脅度十足，不過自己用過就知道有多方便。

只要確實命中，即便是騎士也能一擊必殺。

就算打不穿板甲，還是能打穿鎖子甲。

除非對方是能用劍打落箭矢的超人之流。

換言之就是安娜塔西亞第一王女殿下、亞斯提公爵，以及我過去擊敗的雷肯貝兒騎士團長的水準。

還有像我這樣。

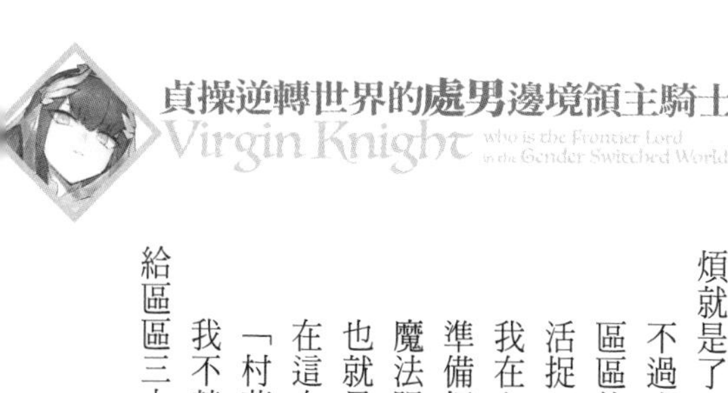

「十字弓準備完畢之後，朝著村莊繼續行軍。」

根據報告，山賊人數是三十名。

與平常的軍務無異。

雖然應該會為了追逐逃竄的山賊花點工夫，不過只是追殺的簡單作業。

先發射十字弓挫其威風，接下來砍死所有人。

不過要讓初次上戰場的瓦莉耶爾第二王女，以及麾下的親衛隊出鋒頭這點，還是有些麻煩就是了。

不過光看行軍的狀況，她們的實力應該貨真價實。

區區的山賊，應該能讓她們累積殺敵數吧。

活捉一名山賊，讓瓦莉耶爾第二王女親手砍下一顆人頭吧。

我在心裡想著這些事——老實說，我完全鬆懈了。

準備好十字弓後，前往村莊的途中。

魔法眼鏡。

也就是望遠鏡。

在這次的初次上陣之前，向王室借用的便利道具。赫爾格一邊使用一邊對我報告：

「村莊似乎遭到襲擊。能看見幾具屍體。」

我不禁咋舌。雖然山賊是法外之徒，但是王國派遣的地方官率領的一百名村民怎麼會輸給區區三十名山賊。

我開始在腦中尋找原因。

總之得加快腳步。

而且不能放鬆戒備。

我將赫爾格的報告轉達給所有人，要求眾人更加提高戒心。

※

小小的村莊裡，小小的地方官邸。

瓦莉耶爾大人放聲大喊：

「妳說山賊人數超過一百？不對，而且正確來說並非山賊？這下豈不是和報告完全不一樣嗎！」

「真的、真的非常抱歉。」

瓦莉耶爾發出有如哀號的吶喊。

瓦莉耶第二王女報上名字與身分之後，地方官單膝下跪行禮並且謝罪。

王國派遣至此的地方官手臂受了重傷。

不對，重點是這傢伙為什麼還活著？

我直接說出我的疑惑。

「這是真的嗎？村莊遭到襲擊，死傷慘重。不多的財產以及男人和少年全都被擄走。在這個狀況下，應該率眾抵抗的妳為什麼還活著？光是這點就不值得信賴。」

「你是？」

「法斯特．馮．波利多羅。」

「你就是傳聞中的憤怒騎士……」

簡短的自我介紹。

我接著插嘴追問：

「我再問一次。為什麼妳還活著？」

「雖然令人汗顏，請容我誠實以告。我的手臂被敵人的十字弓射穿，從馬背摔落地面時猛烈撞擊頭部，就這麼失去意識。」

滿臉通紅的地方官坦承自己的恥辱。

看起來沒有說謊。

我輕輕點頭，瓦莉耶爾繼續剛才對地方官的發問：

「……為什麼和一開始的報告不同？起初的報告裡，山賊只有區區三十名。在村莊周邊晃蕩，襲擊旅行藝人和商人所以向王都求助，不是嗎？」

「狀況有所變化後，我已再度派出村民前去報告。但是看樣子——」

「消息還沒送到啊。這時接到報告的王城大概掀起一陣騷動吧。但是我們也不清楚狀況。說得詳細一點。」

瓦莉耶爾大人雖然抱頭苦惱，還是繼續追問。

坦白說，這個狀況就連在一旁聽著的我都忍不住想要抱頭。

「一開始確實只有三十名山賊。但是那個山賊團遭到其他勢力吸收了。」

「吸收？其他勢力？」

「附近有個擁有千名領民的地方領主發生了繼承權之爭。而且波及了從士等家臣與領民，展開以血洗血的殘酷鬥爭。」

這下感覺很不妙。

我不想繼續聽下去。

瓦莉耶爾也露出同樣的表情。

「結果順理成章是長女獲勝，次女雖然敗北——但在長女負傷的混亂狀況，沒能砍下次女的首級。於是次女率領麾下的從士與領民從領主宅邸奪走可以帶走的所有財物，全副武裝逃出城鎮。」

我就知道，這個狀況非常麻煩。

瓦莉耶爾也毫不掩飾地皺起一張臉。

「之後次女與家臣遭遇盜賊團，不知道發生什麼事——其中過程我也無從得知。但是從結果來看就是山賊團遭到吸收，最終形成一百名的部隊攻擊這個村莊。」

「……為什麼妳會知道這麼多細節？」

「那個地方領主的長女派出領民，趕到這個村莊告知情況。要我們快點逃。」

什麼叫快點逃啊，混帳東西。

如果妳確實殺掉次女就不會演變成這樣了。

組織追擊部隊，追上去拔除禍根啊，蠢貨。

更何況說不定一輩子都在村裡度過的小村莊領民，怎麼可能輕言放棄房屋、田地，以及所有的財產逃走。

我在心中不停抱怨。

「察覺危機時，敵軍已經逼近村外。我試圖抵抗召集村民，將男人與少年藏到地方官邸，與敵軍戰鬥——」

「結果戰敗了。」

村中慘狀不忍卒睹。

四處倒著尚未發出腐臭的女性屍體，好幾顆人頭有如玩具散落在地。

「真的、真的非常抱歉。」

地方官淚流滿面，不再單膝下跪，而是將額頭抵著地面。

無從抵抗。

藍血——現在應該稱為落魄藍血吧，首領受過領主騎士替補的教育，加上隨從的武裝從士，以及應該服過軍務的領民。

再加上累積盜賊經驗的山賊團。

甚至就連人數都處於劣勢。

因為這樣敗北沒什麼好指責的。

應該受到指責的是讓次女逃走的原因。
也就是引發這個慘狀的地方領主長女。
她肯定會被叫到王宮，被女王陛下罵得狗血淋頭吧。
雖說是個小村莊，但是膽敢對女王的直轄領下手。
說不定連封建領主的地位都岌岌可危。
這些事暫且放到一旁。
「怎麼辦？我接下來該怎麼做才好？告訴我，法斯特。」
瓦莉耶爾大人以懇求的眼神看著我。
我的立場是第二王女顧問。
我當然必須輔佐她。
就從結論開始說起吧。
「預測敵人接下來的行動。首先這個直轄領距離敵國維廉多夫的國境線很近。」
「所以呢？」
「敵人多達一百。肯定不會待在安哈特王國坐以待斃，會試著逃亡到國外。」
「也就是會逃向那個蠻族之國。」
瓦莉耶爾大人發出咬牙切齒的聲響。
「怎麼辦？兵力不夠。會有援軍嗎？」
「會有援軍的。一定會來。」

公爵領的兩百名常備軍現正駐紮在王都，亞斯提公爵想必會親自出擊吧。

有亞斯提公爵的指揮，加上強力的兩百名常備軍，即便是落魄藍血也不堪一擊。

然而——

準備出發需要時間。

現在大概正在加快腳步進行準備吧。

「但是根據我的推測，援軍很有可能趕不上。在這個村莊等候援軍時，落魄藍血就會逃到蠻族維廉多夫的領土了。」

他們想必正在運送男人與少年，以及從領主宅邸奪走的財寶。

速度肯定快不起來。

不過還是比援軍抵達還要快。

那群落魄藍血想必——啊啊，這個稱呼有夠麻煩。

「地方官，妳知道那個次女叫什麼名字嗎？」

「我記得名為卡羅琳。」

卡羅琳啊。

「卡羅琳等人會比援軍抵達更快逃到維廉多夫的領土。這就是現況。」

「所以說，我該怎麼做？」

瓦莉耶爾大人筆直凝視我的雙眼。

竟然要告知這個事實，老實說我也很難受。

「初次上陣失敗了。領民二十名、親衛隊十五名，再加上我和瓦莉耶爾大人一共三十七名，不可能擊敗落魄藍血卡羅琳麾下超過百人的部隊。請您放棄追擊的念頭。」

其實只要有我在，也不能說完全沒有勝算。

不過我不願意讓自己的領民面對這個不利的戰況，使其喪命。

瓦莉耶爾大人想必也不願意因為這場戰鬥，導致親衛隊損兵折將吧。

因此雖然真的很遺憾。

我以冷酷的態度將自己的想法告知瓦莉耶爾大人。

第12話 薩比妮的煽動

腦中首先浮現姊姊大人給我的建議。

「戰場上任何狀況都可能發生。事先得到的情報與事實有所出入，可能會在短短數小時後發現錯誤。」

姊姊大人傳授我的戰場訣竅。

事實真的有如那句話。

我現在有了切身體會。

我——瓦莉耶爾第二王女咬緊牙根，接受眼前的現實。

隨後聽見顧問法斯特的發言。

「初次上陣失敗了。領民二十名、親衛隊十五名，再加上我和瓦莉耶爾大人一共三十七名，不可能擊敗落魄藍血卡羅琳麾下超過百人的部隊。請您放棄追擊的念頭。」

初次上陣失敗。

這下不妙。

你大概不知情，但是這下糟了啊，法斯特。

你會被姊姊大人奪走。

一旦討伐山賊失敗，法斯特就不再是我的顧問。

會轉任到姊姊大人安娜塔西亞麾下。

母親大人之前已經告訴我了。

我的心臟劇烈跳動。

我就要在這裡結束了嗎？

沒錯，要結束了。

這是符合凡人的結局吧。

心中某處傳來這般的細語。

我的顧問法斯特都表示反對了。

而且他的意見完全正確。

妳就在這裡玩完了。

顧問法斯特被姊姊大人奪走，不清楚情況的民眾和法袍貴族則會嘲笑我面對山賊夾著尾巴逃走。

垂頭喪氣，緊咬嘴唇走在王宮的身影浮現腦海。

但是我還有其他辦法嗎？

根本沒有別的選項。

難道我要下令讓表示反對的法斯特，還有跟隨我的親衛隊無謂喪命嗎？

我辦不到。

我沒辦法做到這種事。

——這就是我的極限。

我露出自嘲的笑容。

「我明白了，法斯特。」

下定決心撤退。

離開這個小村莊的小地方官邸，夾著尾巴逃回王都吧。

於是安哈特王國的第二王女身為不中用的替補，在姊姊大人繼承女王寶座的那天，乖乖住進修道院吧。

我是這麼想的。

走出地方官邸來到外頭。

身旁跟著滿臉擔憂的薩比妮。

離開地方官邸之後，發現小村莊的倖存居民聚集在宅邸前方。

「各位官兵大人。拜託、拜託了，請從卡羅琳、從那群妖魔手中帶回我的丈夫。」

「不，請救救我的兒子。那孩子才十歲啊，求求您！」

「讓開！讓我陳情……讓開！」

眾人紛紛情願。

身在小村莊裡，微小幸福遭到奪走的人們的乞求。

那些女人不分老幼對我下跪磕頭，求我帶回那些男人。

我無法回應她們的請求。

我辦不到。

我不禁感到畏縮。披著一層外皮，畏縮膽小的自己險些浮現在外。

這種事我辦不到。

不要依靠我。

我想抱住頭，縮起身子。

誰來幫我阻止她們。

地方官和法斯特等人也走出地方官邸，試圖平息騷動。

「快住手！安靜下來，妳們……」

地方官拚命吶喊。

「……」

沉默的法斯特以憐憫的模樣眺望那些女人。

「……」

最後是一直待在我背後的親衛隊長薩比妮站到我的面前，放聲大喊：

「不要再吵吵鬧鬧了！妳們這群死人！」

有如筆直刺入人心深處的強烈吶喊。

事實上也確實傳進我的心底。

死人——

這兩個字很適合我。

我在心中如此自嘲。

「死人……？死人是什麼意思？」

直到剛才還在哭著求我的一名女人出聲問道。

「死人就是死人。不然還會是什麼？」

薩比妮以懷疑的模樣回答。

薩比妮究竟在說什麼？

我也不太能夠理解。

「妳們為什麼裝出活著的樣子？為什麼不像倒在那邊的屍體一樣死去？」

薩比妮指著村裡散落的屍體。

那具屍體遭到猛烈毆打，腦袋也被砍下，成為一具悽慘的屍骸。

「那個女人——她為了不讓兒子被擄走而挺身抵抗。」

「那就對了！妳們為什麼沒有抵抗！為什麼還有臉活著！」

薩比妮顯得十分激動。

我第一次見到薩比妮如此生氣。

「通通讓開！不准纏著我們的殿下不放！什麼也沒做的死人不准在我們殿下的腳邊死死糾纏！」

薩比妮的叫聲聽起來近乎慘叫。

那個聲音也傳進我的心底。

「妳們都是死人！沒有抵抗到底的死人，不要纏著我們的殿下！」

「我們究竟犯了什麼罪——騎士大人難道不肯保護我們嗎？」

女人們發出哀號。

她們說得沒錯。

我們原本就是為了保護她們而來。

「我們會保護！我們殿下肯定會救出被擄走的男人與少年！不對，我們也想救！」

薩比妮？

就在我的表情不禁要轉變為驚訝時。

我拉住法斯特的手，要他想辦法阻止。

幫我阻止薩比妮。

但是法斯特沒有反應，只是靜靜傾聽薩比妮的話。

「但是還不夠！雖然令人萬分汗顏，但是我軍現在兵力不足！」

薩比妮究竟想說什麼？

我實在無法判斷。

「啊啊……若是有民兵願意助我軍一臂之力就好了。如果有想親手救出自己丈夫、兒子的勇敢之人。如果有勇士願意出力，說不定就能出發前去救援了。」

唸唸有詞的薩比妮伸出手指。

她指向倒在村裡的那些全身遭到毆打，頭顱遭到砍落——可憐的屍骸。

「假如妳們不是死人！而是像那個女人一樣有勇氣！」

薩比妮說完所有想說的話。

她露出這樣的表情，彷彿剛發表完演講，結束這段發言。

——女人們群情激憤。

「我們絕對不是死人！但是究竟要我們怎麼抵抗？我們就連武器都沒有……全都是藉口。」

薩比妮哼了一聲加以嘲笑，再度開口：

「妳們有農具。頭被鋤頭敲到就會死。肚子被乾草叉刺中也會死。事實上，那些人不就是這樣抵抗了嗎？」

薩比妮指向無頭屍骸至今依然緊握的乾草叉。

那把乾草叉的尖端，沾染了已經乾涸的敵人鮮血。

現在已經化為屍體的她們確實抵抗過了。

絞盡每一分力氣，直到臨死的瞬間。

「妳們幾個就是屍體！失去丈夫也失去兒子，就這麼衰老而死吧！沒什麼，反正現在也無異於老年！」

薩比妮的發言十分激烈。

女人們聞言更是憤怒。

「別開玩笑了……開什麼玩笑！為什麼沒來救援！為什麼沒有更早趕來！如果軍隊更夠早點過來，現在也不會變成這樣！」

「嗯～死人的話我聽不見啊。我想聽見更響亮的話語。發自活人之口，想奪回兒子與丈夫的女人吶喊。」

薩比妮更進一步搧風點火。

別再說了。

算我求妳，別再說了。

雖然我這麼想。

死人。

已經一度放棄的我，就像苦苦哭求的女人們，一句話也說不出口。

於是在這個小村莊，剛才只是哭泣哀求的女人彷彿下定決心唸唸有詞：

「我就做給妳看。」

女人的眼中流露出決心。

「既然妳說幫不上忙的話！既然妳說只能靠我們自己親手奪回的話！用不著妳指指點點，我也會自己去！」

那個女人一面哭喊一面吼叫：

「現在馬上！我這就去追上那個女人！追上卡羅琳、追上那些畜生、宰了那些傢伙，搶

回我的兒子！」

薩比妮回應那個女人的覺悟：

「很好。非常好。看樣子有一個活人。還有嗎？」

薩比妮環顧四周，說出煽動人心的挑釁話語，再度掃視眾人。

人聲此起彼落。

那是在這個小村莊裡，微小的幸福遭到奪走的女人怒吼。

「我也去！」

「我才不怕落魄藍血！通通宰了！」

「帶著我去！請帶我到卡羅琳面前！各位官兵！」

薩比妮對著打從剛才就一語不發的法斯特說道：

「波利多羅卿，還請重新考慮。我已召集民兵了。」

「薩比妮閣下，妳這個人……我不知道妳想做什麼才暫且旁觀，沒想到妳簡直是個惡魔啊。妳想逼著過著和平生活的純樸國民上戰場送死嗎？」

「反正這個村莊的人們若是沒有奪回丈夫和兒子，那麼便沒有未來。」

薩比妮的回答十分冷漠。

法斯特使勁搔了搔頭，同時喃喃說道：

「嗯。不分老幼實在是不可能。儘管是群不怕死的民兵，能跟得上追擊卡羅琳的行軍速度，恐怕只有四十人。」

「儘管如此，也能增加將生死置之度外的四十名死士。戰力方面絕對不算劣勢。況且還要加上波利多羅卿。」

「妳太看得起我這個憤怒騎士了。」

法斯特先是苦笑回答，接著提出問題點：

「只是還缺指揮官，率領這四十名死士的指揮官。」

「我來指揮！我的慣用手沒事！請給我機會洗刷恥辱！」

地方官也像是中了薩比妮的激將法，扯開嗓門大喊。

法斯特因為這句話睜圓眼睛。

接著提出下一個問題點。

「那麼，下一個。關於這場戰鬥，也就是本次騷動的最大原因是地方領主的長女，我會要她支付龐大的賠償金給我們當作軍費。而且要澈底追究責任。連自己的屁股都擦不乾淨的領主騎士令我討厭到想吐。我可不會手下留情喔。」

「這個部分我會動用自己的力量設法處理。」

出自第二王女這個地位的話語自然脫口而出。

法斯特看向我，驚訝地瞪大眼睛。

也許我也中了薩比妮的激將法吧？

忍不住便說出口了。

「既然這樣，我也沒什麼好說的了。時間寶貴，現在馬上收集村裡剩餘的糧食，將武器

——農具也可以，分配給大家，繼續行軍吧。」

法斯特面露苦笑，收回了撤退的提議。

我們展開追擊，我的初次上陣重新開始。

目標是正在逃往維廉多夫領的卡羅琳。

※

「出奔至維廉多夫。」

獻給維廉多夫的男人與少年已經弄到手。

要論財寶，也有從領主宅邸奪取以及逃離自家時匆忙帶走的。

沒有任何問題。

「出奔至維廉多夫。」

再說一次。

沒有任何問題。

率領一百名軍力出奔至維廉多夫這件事沒有任何阻礙。

用不著擔心。我足夠聰明，過去也代替那個姊姊完成王都下令的種種軍務，已是名老經驗的戰士。

維廉多夫想必也會接納我吧。

在維廉多夫，強悍就是一切。

沒有任何問題。

唯一的問題就是——我在繼承人之爭中敗北。

我坐在馬車上，用力敲打車廂地板。

在劇烈搖晃的馬車上，沒有人注意到這股震動。

沒有任何人會察覺我的心在亂。

「原本以為會贏的。是我誤判了嗎？」

我曾經代替姊姊與從士們一同執行軍務。

我曾經代替姊姊切身統治領地。

所以士兵們願意推舉我成為下任領主。

而不是那個毫無才幹，無論治理領地或從事軍務都一無所長的姊姊。

但是我輸了。

長女與次女。

繼承權之爭的障礙，高得超乎想像。

幾乎所有領地的家臣都站在不曾派上用場的姊姊那一邊。

家臣們想把姊姊當成魁儡操弄。

同時也是不願意創下由次女繼承領主的前例。

我們雖然一度將姊姊逼至絕境卻讓她逃走，遭到反擊走投無路，就這麼逃出領地。

於是我們遇見那群山賊，與之對話。

「要不要當我們的夥伴啊？只要服從於我，保證妳吃香喝辣喔？別擔心，附近就有一個適合下手的村莊，只要有妳們一起就能簡單……」

還邀請我們加入山賊。

「妳們才該服從於我。區區山賊少得意忘形。」

我的斧槍一擊砍飛了山賊首領的頭顱。

於是我將山賊團納入麾下。

「……出奔至維廉多夫。」

我再度低吟。

襲擊王族直轄領的小村莊，抓捕要獻給維廉多夫的男人與少年。

如今已經無路可退。

一旦遭到逮捕，每個人都將面臨絞刑吧。

剩餘糧食也相當充分。

從宅邸搶來的物資也還有剩。

還有充分的實力能夠東山再起。

我不能死在這裡。

不能死在這種地方。

我有責任安置追隨落魄至此的我也不曾口吐怨言，任勞任怨的從士與領民。

為了扛起這個責任。

「……出奔至維廉多夫。我會再度成為藍血。在敵國成為騎士。我一定會再度出人頭地。要不然——」

瑪蒂娜。

只有獨生女的名字浮現腦中。

我可愛的瑪蒂娜。

讓我願意奉獻一切，什麼都想給她的九歲女孩。

「不然還有誰能為那個孩子報仇。」

我失敗了。

一敗塗地。

反叛已經失敗，無法殺死姊姊。

我的判斷也有問題，無法成功奪取要地，送到教會的女兒瑪蒂娜也被殺了。

現在肯定在姊姊的指揮下，由那群骯髒的家臣騎士送上絞刑台了吧。

「我應該會死吧。最後失去一切而死吧。那還無所謂。」

就算逃到維廉多夫，也沒有未來可言。

就算逃到重視力量更勝一切的敵國，我也會被當成叛徒吧。比自己的性命更重要的獨生女也不會起死回生。

因為自己的愚昧而失去的一切，無論賭上什麼都拿不回來。

但是只要停下腳步，就連現在擁有的一切都會失去。

對不起這些願意追隨我的從士與領民。

即便要敗北，也不能就此一敗塗地。

「既然都要死，殺了我女兒的姊姊，還有那群家臣。我會死在妳們的血泊中。」

卡羅琳以彷彿要吐血的聲音低語。

這時的她還不知道，背後有一群人追了上來。

第13話 莉澤洛特女王的憂鬱

薩比妮是惡魔。

貨真價實的惡魔。

只用短短數十分鐘的演說就奪走小村莊的純樸幸福，煽動倖存的領民主動赴死。

再度開始行軍。

先鋒是我，法斯特・馮・波利多羅。

瓦莉耶爾第二女王親衛隊在中間。

地方官率領的四十名死士則是跟在隊伍最後方。

「法斯特大人、法斯特大人。」

「怎麼了嗎，赫爾格？」

我回應隨侍身旁的從士長赫爾格的呼喚。

怎麼了？對於我們繼續前進有所怨言嗎？

來不及了喔，因為瓦莉耶爾大人已經下令出發。

好吧，瓦莉耶爾大人向我保證能從地方領主那邊取得龐大的戰——賠償金，如今多了這個額外好處就是了。

絕對要澈底將對方榨乾。

若非如此，我才不想繼續這種行軍。

「要不要向那位薩比妮大人提親呢？」

「妳在開玩笑吧，赫爾格。拜託了，說妳是在開玩笑。」

我以充滿苦澀的語氣低聲回應。

「不，我大概能理解法斯特大人想說的話。但是我個人覺得可以考慮。」

就算只是大概理解，既然理解那就別說。

還有妳居然會推薦那個惡魔薩比妮？

別鬧了，其他領民不會也有類似的意見吧？

莫非妳也中了她的激將法嗎？

那傢伙是惡魔。

身為依靠國民稅金過活的軍人，竟然若無其事說出絕對不該說的話。

竟然全盤否定了貴族義務。

而且我都說了：「妳簡直是個惡魔啊。妳想逼著過著和平生活的純樸國民上戰場送死嗎？」

言下之意是「妳還敢自稱是藍血嗎」，但是她連我的挖苦都聽不懂。根本就是黑猩猩。

啊啊，我開始覺得頭疼了。

於是我對赫爾格說明：

「像我這種領主貴族和法袍貴族——也就是王國的武官，雖然立場稍有不同，還是有相同之處。我們從領民那裡收取稅金，法袍貴族則是擔任徵稅官或紋章官等官僚，或者以軍人的身分獲得國民的稅金維持生計。」

「是的，我明白。」

赫爾格點點頭。

「拿錢的代價是我們負有義務。守護領民的義務，守護國民的義務。『挺身戰鬥』的義務。妳懂吧？」

「是的，我明白。」

赫爾格點點頭。

既然這些都明白的話——

「那麼她為什麼要逼國民上戰場？那是騎士該做的事嗎？澈底否定身為騎士『挺身戰鬥』的職責喔。難道不會對自身存在感到矛盾嗎？既然是個藍血，實在不應該發表那樣的演說。若是連身為藍血的前提都拋棄，那麼便算不上是貴族，算不上是騎士。」

「但是迫於需要我們也會動手。要是丈夫和兒子被擄走，我們領民也會挺身戰鬥。如果這種事發生在我們自己的領地，這很正常吧？我認為薩比妮大人說的話一點都沒錯。」

赫爾格說得理所當然。

這番話讓我不禁愣住了。

這樣啊，這些傢伙，我的波利多羅領領民是以從事軍務換取莉澤洛特女王的保護。

民。

這是保護的契約。

但是在接受保護之前，她們都有著「自身安危由自己保護」這種想法。

負擔軍務且距離維廉多夫國境線不遠的邊境領地居民，以及沒有軍務的直轄領小村莊居民。

簡單來說就是所謂的文化差異。

所以她無法理解薩比妮有多麼沒人性吧。

不過我也懶得說服她接受薩比妮的所作所為有多麼誇張。

就算繼續說明下去，她說不定會回答：「那是王國人民太過天真，我還是覺得薩比妮大人的說法一點也沒錯。」

或者該說波利多羅領的領民都會這麼回答吧。

啊～我已經懶得解釋了。

直截了當表明心境就好。

「我不喜歡薩比妮大人。雖然我承認她身為演說家的能力，然而我就是討厭。還有那個無法理解薩比妮大人所作所為的第二王女瓦莉耶爾殿下也是……雖然可以體諒她只有十四歲，但是看到她被薩比妮大人煽動……將來實在令人不安。這個理由怎麼樣？」

「喔，這樣啊。」

赫爾格似乎勉強接受我的理由。

沒問題嗎？

真的沒問題嗎？

該不會連我的領民都被那個下三濫煽動家的激將法影響了吧？

內心抱持這樣的擔心，法斯特開始行軍。

「全軍前進！」

發號施令。

所有人開始行軍。

這樣就好。

雖然接受這個狀況，不過赫爾格再次開口：

「可是啊，法斯特大人。」

「怎麼了，赫爾格？還有什麼想說的嗎？」

我再度以苦澀的表情回應。

「如果就那樣棄那些苦苦哀求的領民於不顧，難道不會導致暴動嗎？畢竟我們原本打算拋下她們離開。」

的確存在這種可能性。

畢竟那群人現在化為隊伍後方的死士。

「況且如果不徵召民兵，無法救回被擄走的男人與少年的現實終究無從改變。那麼乾脆徵召憤怒的當地居民為民兵，從對彼此都有益這點考慮，也算是不錯的辦法吧？」

「妳覺得那頭黑猩猩是因為理解這一點才發表演說的嗎？」

我和赫爾格轉頭觀察薩比妮的臉。

她又在與一名親衛隊隊員開黃腔。

「我不認為。」

「對吧～肯定是這樣。我也是這麼認為。」

我敢保證，那傢伙起初絕對沒有想過徵召民兵。

我現在已經完全理解她的個性，對於她的想法瞭若指掌。

那傢伙不是人。

是沒人性的黑猩猩。

好吧，雖然我也覺得要求黑猩猩展現人性只是緣木求魚。

然而現在這都不重要，暫且放在一旁。

那傢伙會被老家扔到第二王女親衛隊，恐怕不只是因為她是笨蛋。

大概也是因為其殘忍的天性。

為政者也許需要這種代替自己做些見不得人的事的人才。

或許——無論是從第二王女的角度來看，還是對丈夫與兒子被奪走的村民而言，薩比妮提出的解答可能是最佳方案，但是她並非循著邏輯導出這個結果。

過程只是一片空白。薩比妮未經思考就造就了現況。

說得清楚一點，那傢伙是危險人物。

考慮到驚人的演說能力，這種人最好找個地方隔離起來。

關在動物園的籠子裡也許比較好吧？就當作是脖子掛著「薩比妮」的名牌，會演說的稀奇人猿來飼養。

啊啊，真是夠了。

我現在沒有多餘心力思考這些事。

目標要明確一點。

目標是卡羅琳，在她抵達維廉多夫的國境線之前追上她。

然後擊敗她。

當下的使命說穿了就是這麼單純。

不管什麼事情，愈單純愈好。

這樣就用不著思考其他多餘的事。

「很好～！來唱歌吧。追上卡羅琳之前還要行軍很久。各位民兵還有地方官，大家都拿出幹勁大聲唱吧。」

親衛隊長薩比妮如此說道。

我在對此發自內心感到畏懼的同時繼續前進。

薩比妮肯定是像那樣維持士氣吧。

我愈來愈發自內心恐懼那個女人。

但是我不會說出口。

只求妳別再唱下流的歌曲了——我在心中如此祈禱。

※

「出陣準備還沒好嗎！」

「您也明白吧，莉澤洛特女王陛下。要帶兩百名軍隊上陣，終究需要不少的準備。別緊張，明天就能動身了。」

即使是常備軍。

雖然有即時應變能力，也沒辦法接到命令的當下便出兵。

儘管不需要準備武器，還是有糧草、馬車、敵人可能選擇的行軍路線。

為了抵達預定交戰地點，我方的行軍路線。

至少需要湊齊這些條件。

最後一點尤其重要。

萬一途中走錯路，就會直接開往維廉多夫的國境線。

第二次維廉多夫戰役將會就此揭開序幕。

現在就是這種危險狀況。

莉澤洛特女王也心知肚明。

她理應心知肚明。

儘管如此，還是有這種反應。

亞斯提公爵深深嘆息。

「有辦法搶先繞到敵人面前嗎？」

「我和安娜塔西亞討論過了。」

我身為亞斯提公爵，利用第一王女顧問的地位，已經和那位以聰明頭腦與戰略眼光著稱的安娜塔西亞商量過了。

顧問反過來徵求意見，我也覺得立場似乎顛倒了。

我們最後判斷，標記在地圖上的這個地點，恐怕就是地方領主的次女卡羅琳可能逃出國境的位置。

但是那個位置相當遠。

援軍十之八九趕不上吧。

反過來說，雖然機率不高，還是有可能趕上。

心生貪念的卡羅琳攻擊其他領地，因此延誤行軍速度的可能性。

出了其他意外，像是馬車損壞，或是單純的行軍進度落後。

有著許多可能性。

還是有可能趕上。

既然如此，考量到面子問題，便不能不派出援軍。

我忍不住嘆息。

「看妳不停嘆氣，到底怎麼了？現在這個當下，吾女瓦莉耶爾想必正進退維谷。」

「只不過是替補啊。無足輕重的替補。您怎麼會突然之間流露母愛了呢，莉澤洛特女王陛下？」

我完全把她當作自家人，脫口說出腦中浮現的想法。

我的個性無拘無束。

什麼也不怕。

唯一一次感到害怕，大概只有揉了法斯特屁股的瞬間，波利多羅領那群領民露出恐怖表情那時。

那次真的很可怕。

我真的以為會下地獄。

「就算只是無足輕重的替補！我也不希望瓦莉耶爾喪命！」

「安娜塔西亞也說了一樣的話。不希望她喪命啊。」

她究竟是受到家族疼愛，又或者是疏遠呢？

我也搞不清楚。

我自己討厭她就是了。

那個庸才。

平民還無所謂，不過平庸的藍血無法原諒。

亞斯提接著說出自己的想法：

「現在這個當下，她應該待在遭到卡羅琳劫掠而殘破不堪的小直轄領，手忙腳亂不知所

措吧。總不可能去追擊卡羅琳。」

「就是因為有這個可能性我才著急。我之前跟她說過了！一旦初次上陣失敗，就要解除法斯特第二王女顧問的職務。」

原來如此。

她的焦急其來有自啊。

但是我不擔心。

「女王陛下，瓦莉耶爾是庸才。毫無才華可言。」

法斯特身為領主騎士。

他最厭惡的事就是折損自家領民。

不同於那場別無選擇的維廉多夫戰役，就算有勝算，他也不會投身可能讓領民死傷慘重的戰事。

再加上瓦莉耶爾是個庸才。

她只會乖乖聽從顧問法斯特給她的意見。

如果真的發生意外——

「那群黑猩猩。失禮了，是第二王女親衛隊吧？只要那群傻瓜別因為初次上陣就血氣方剛，對瓦莉耶爾提出過分的意見就好。」

「別講那種恐怖的話！」

莉澤洛特女王抱著自己的身體唸唸有詞。

隨後她以煩惱的模樣低語：

「真沒想過她們竟然愚昧至此，簡直就是一群黑猩猩。當年分配給瓦莉耶爾的人，雖然都是被老家拋棄的騎士，好歹也都是藍血的次女和三女。」

「誰曉得那些藍血的次女和三女竟然是在王城裡公然開黃腔，還偷窺侍童更衣的好色小鬼啊。」

我說得十分無奈。

我討厭庸才。

因此也不喜歡那群黑猩猩。

行為無法預測，空有幹勁卻無能，這種傢伙除了殺掉沒有其他用途。

等等，就算是黑猩猩，上了戰場也能當成戰力加以活用吧。

但是她們都尚未經歷戰場，無法判斷。

話說回來，瓦莉耶爾也是初次上陣。

假使瓦莉耶爾經歷過戰場，她的平庸是否會有所改變呢？

不太值得期望就是了。

不過趁著這個機會重新審視倒也不錯。

雖然她是幾乎注定失敗的庸才，若是抓住這次機會有所成長，也許會有一點改變吧。

「總而言之！加快動作！撇開瓦莉耶爾的安危不談，卡羅琳襲擊我的直轄領又擄走領民，如果不讓她以死贖罪，將會有損王室的顏面。」

「更不能讓她逃亡到蠻族維廉多夫那裡呢。我知道了。」

亞斯提以敷衍的語氣回答。

她的眼神筆直看向地圖上的預測交戰地點，那裡十分鄰近維廉多夫的國境線。

第14話 掃蕩嘍囉

「追上了。」

走在部隊最前方的我，自然而然開口。

來到維廉多夫的國境線近在眼前之處，我們終於追上卡羅琳。

大約一百名敵軍進入視野。

不過距離短兵相接還要一段時間。

聽到我這句話，薩比妮等人停止歌唱，眼神也變得帶著戰意。

「法斯特，接下來要怎麼做？」

一開口就問怎麼做嗎？

妳好歹是最高指揮官喔。

好吧，畢竟瓦莉耶爾大人是初次上陣。不能怪她。

而且我身為第二王女顧問，必須輔佐她。

不過面對這種狀況，換作是安娜塔西亞第一王女或是亞斯提公爵，應該會說「我認為是這樣，你怎麼想？」就是了。

或者是雖然對手只是山賊，為了尊重戰鬥經驗豐富的我，所以打從一開始就給我自由裁決的權利呢？

兩相比較之下，安娜塔西亞第一王女打從初次上陣就不正常。不是瓦莉耶爾大人能力低劣，而是安娜塔西亞大人過於異常。

我冒出這些瑣碎的想法，同時望向前方的卡羅琳。

隨後低聲說道：

「對方恐怕也發現我們了吧。」

「你覺得她和我們一樣，持有望遠用的魔法眼鏡嗎？」

「這個東西非常有用，卡羅琳不可能沒帶在身上。更何況這裡是平原，眼力好的人原本就能看見。」

我說得十分肯定。

卡羅琳已經發現我們這些追兵了。

這時端看對方的動向。

拜託千萬別進行決戰，也就是動用所有兵力的正面交鋒。

損傷會很慘重。

我不想讓無辜的國民與自家領民平白喪命。

使用望遠鏡的赫爾格報告：

「敵方——兵分二路了。」

逃亡。

維廉多夫的國境線近在眼前，卡羅琳選擇將山賊當成棄子加以逃亡。

這也算是正合我意。

比起雙方擺出陣勢的全力戰鬥好多了。

好上太多了。不對，這下情勢甚至對我們十分有利。

「赫爾格，命令領民做好戰鬥準備。」

「是。」

我對赫爾格下令。

隨後也對瓦莉耶爾大人發出指示。

「瓦莉耶爾大人，我會先掃蕩嘍囉。」

「掃蕩嘍囉？」

「意思是這個狀況用不著勞煩親衛隊和民兵。一開始只是單純的殺戮。」

我對著瓦莉耶爾大人低聲說道。

沒錯，只是單純的殺戮。

和平常的軍務沒什麼兩樣，只不過是屠殺山賊。

我揚起嘴角露出笑容，暫時與瓦莉耶爾大人告別。

隨後展開突擊。

以暗號下令。

「十字！」

五名從士立刻架起十字弓。

發射準備已經完成。

接下來只待扣下扳機。

「赫爾格，收起望遠鏡之前再確認一次。看得見敵方指揮官嗎？」

「是的，看得見。看樣子不是山賊。因為裝備是鎖子甲和頭盔——十之八九是敵方的從士。」

山賊也不會乖乖成為棄子。

隊伍之中必定有帶隊的指揮官。

是卡羅琳的從士嗎？

既然如此，那個山賊團的頭目大概已經被卡羅琳殺掉，被她吸收了吧。

從士是以必死為前提，自願捨命指揮山賊嗎？

看來卡羅琳是個傑出的人物啊。

這是我的判斷。

分析結束。

「沒必要用十字弓射從士。從士由我來動手。首要之急是用十字弓確實殺死對方的五名弓兵。」

「遵命，法斯特大人。」

我討厭弓兵。

打落箭矢雖然不算難事，還是會讓人分心感到煩躁。

單純因為這個關係，下令先殺弓兵。

只是這樣。

山賊這種程度的存在，如此對待就夠了。

好了，差不多要短兵相接了。

將瓦莉耶爾大人率領的親衛隊和地方官率領的民兵置於後方，由我波利多羅領兵二十名與我率先衝鋒。

「我名為法斯特・馮・波利多羅！想死的傢伙上前來！」

「唔——！」

聞風喪膽。

一馬當先衝鋒陷陣的男性騎士，在安哈特王國唯獨法斯特・馮・波利多羅一人。

憤怒騎士。

安哈特王國最強騎士。

從敵人的角度來看毫無懷疑的餘地吧。

在我看來雖然不名譽，但是有個名號在這個時候格外方便。

「冷靜下來！只是傳聞罷了，不過是個男騎士！冷靜下來！」

敵方頭目。

卡羅琳的從士試著安撫那群山賊，但是並不順利。

我不允許妳們就這麼逃走。

把山賊都宰了，藉此提振士氣吧。

「唱吧。」

唱出鮮血的哀號。

命令對象不是我所愛的領民，而是敵方的三十名山賊。

十字弓。

箭矢朝著敵陣當中疑似弓兵的五人射出，交給射擊經驗豐富的從士動手，化為百發百中的絕技。

三十名山賊當中的五名瞬間喪命。

「叫吧。」

叫出死亡的哀號。

騎馬的我理所當然負責衝鋒。

一直以來都是如此。

我揮動代代相傳的魔法巨劍，接連砍下慌張失措的五名山賊的頭顱。

這樣數量就和領民打平了。

「然後去死吧。」

屍體紛紛倒地，在地面形成血泊。

山賊團裡已經沒有弓兵。

這麼一來當然是最好。

我直直衝往代理山賊頭目的從士，人馬合一向前飛馳。

我與愛馬飛翼一同躍向空中，跳到裝備鎖子甲的卡羅琳的從士面前。

從士因為事出突然應對不及。

接著以愛用的巨劍將從士從頭一路劈到腹部。

雖然沒有澈底斬斷，但是從士的身軀幾乎一分為二。

劈成兩半的頭盔掉落在地。

「你們的頭目已經死了！」

我的咆哮聲響徹戰場，失去指揮官的山賊士氣頓時潰散。

失去統率，分崩離析的可悲山賊有的跪地求饒，有的轉身想逃。

但是一個接著一個被我的領民解決。

有的用槍，有的用劍。

十分熟稔。

這類的作業在經歷十五歲到二十歲的經驗後，已經完全化為固定流程。

真的非常流暢。我的領民各自進行作業，也就是殺戮。

我一邊如此心想，一邊斬殺一兩名從士身旁的山賊。

我不會特別計算人數。

要累計擊殺人數太麻煩了，實在懶得一一計算。

戰鬥不過短短數分鐘。
我的領民沒有任何死傷。
只是固定流程。
殺戮結束了。
「下輩子最好轉生為花朵之類的吧。」
我留下總結戰鬥的台詞，從馬背俯瞰倒在地上的山賊屍體。
三十名山賊的屠殺工作告一段落。
短短幾分鐘的作業。
從士們不需要我下令，已經著手準備重新裝填十字弓，開始以滑輪拉弦。
剛才位在後方的瓦莉耶爾大人與親衛隊，還有地方官率領的四十名民兵趕了過來。
「法斯特。那個……山賊呢？」
瓦莉耶爾大人提出無謂的疑問。
看就知道了吧？
「全都殺光了。我想應該一目了然吧。」
「那個……該怎麼說，法斯特的損失呢？」
「零。」
一直以來都是零。
怎麼可以死在與區區山賊的戰鬥。

我唯一認為自己會死的，只有初次上陣和維廉多夫戰役而已。

區區山賊，我就算一邊哼歌也能輕鬆屠殺。

這些傢伙只不過是嘍囉。

重點是——

「接下來才是重點。瓦莉耶爾大人。一面準備重新裝填十字弓，繼續行軍追擊卡羅琳。在追上她之前，要與您先討論戰術方面的安排。」

「我、我知道了。」

「卡羅琳已經判斷逃亡才是最佳選擇。她大概打算就此越過維廉多夫的國境線吧。與敵方七十名精銳戰鬥時，最糟的狀況我可能會離開戰場，獨自追擊逃亡的卡羅琳。那段時間我的領民的指揮權會交給赫爾格，請自由運用。」

話雖如此，我也不打算讓自己人白白犧牲。

況且赫爾格也不會將瓦莉耶爾大人的命令照單全收。

領主貴族的從士長，可不是接受這樣的教育。

然而我沒有說出口，視線望向卡羅琳的部隊。

兩輛馬車率領著隊伍。其中一輛載著從直轄領搶走的男人與少年。

另一輛則是卡羅琳。

那麼目標該選哪一輛呢？

該選大藤箱還是小藤箱呢？

我猜小藤箱一定裝著好東西——我認為卡羅琳會在小馬車上。

如此思考的同時，我繼續等待十字弓重新裝填。

※

「妳沒必要尋死。只要把山賊當作棄子就好。」

「為了把她們當作棄子，就需要指揮官。卡羅琳大人應該也明白吧？」

我的從士自願成為棄子擔任山賊的指揮官，這讓我咬緊嘴唇。

都到了這裡。

好不容易逃到這裡。

維廉多夫的國境線分明近在眼前，再一個小時就能抵達。

剛才我已用望遠鏡眺望維廉多夫的國境線。

在我的視線前方，對方似乎已經從城寨的瞭望台發現我方，維廉多夫的騎士們率領數十名士兵在國境線待命。

那裡是我們的終點。

他們一定會接受我們的出奔。

馬上就能活著逃出這個國家。

「卡羅琳大人請做好覺悟，最糟的狀況您要獨自逃走。」

「別說蠢話了。拋棄妳們獨自逃走，這樣到底有何意義可言。」

「這是我們扶持卡羅琳大人至今的意義。只要卡羅琳大人活下去，一定都會有意義。」

妳這個大笨蛋。

事到如今還認為繼承權之爭之所以失敗是自己的錯嗎？

之所以會失敗。

爭奪繼承權之所以失敗。

「爭奪繼承權是因為我的愚昧而失敗。早知如此就不幹那種事了。」

後悔。

我終於說出口了。

爭奪繼承權之所以失敗，全都是因為我的無能。

我終於能夠承認。

早知如此，就該更加用心拉攏其他家臣。

從事軍務時，如果能趁機與王室——莉澤洛特女王陛下或安娜塔西亞第一王女建立關係，讓她們承認我的繼承人地位就好了。

早知如此。

明明還有許多努力的餘地。

後悔的話語不斷從心裡冒出來。

「無論領民或是我等從士，從軍以來就是與您吃同一鍋飯，生死與共的戰友吧？支持卡羅琳大人爭權的我們也有責任。啊，時間不多了。該與您道別了，卡羅琳大人。」

「等等，等一下！」

不理會我的挽留，從士奔向那群山賊。

只為了讓我跨越與維廉多夫的國境線，為了讓我出奔。

在爭奪繼承權時，究竟失去多少從士與領民的性命呢？

行軍過程又有多少重傷者喪命，將她們的遺體棄置原地？

啊啊。

早知道要體驗這種痛苦，打從一開始就不該爭奪繼承權。

每當夥伴接連死去，就讓我更加明白自己的愚昧。

「……瑪蒂娜。」

我輕聲呼喚獨生女的名字。

因為判斷有誤，我失去唯一的愛女。

現在的她想必被吊死在領地裡，任由嬌小的身軀腐爛吧。

沒錯，只有這件事。

唯獨這個仇非報不可。

「……出奔至維廉多夫。」

踏著搖搖晃晃的步伐，我只是如此低語。

只剩下這個目標。丈夫死於疾病、因為愚昧失去女兒、逼得優秀的從士成為棄子，這樣的我僅存這個目標。

將襲擊直轄領搶來的男人與少年獻給維廉多夫。

利用裝滿馬車的財寶，成為騎士東山再起。

我所知道的安哈特王國情報也可以出賣。

就算成為賣國賊，或是落入地獄都無所謂。

我已經什麼都不剩了。

現在依然跟隨我的七十名精銳。

只剩下過去與我一同執行軍務的領民——

然而惡魔一般可怕的報告在我耳畔響起。

「卡羅琳大人！卡羅琳大人！方才我用望遠鏡發現敵方指揮官！」

「是誰！是認識的人嗎？是亞斯提公爵？還是……」

「敵人是男性騎士。應該是法斯特．馮．波利多羅——憤怒騎士！」

我不由得衝出馬車，遠望當成棄子的山賊，還有我的從士。

那裡恐怕正在上演單方面的殺戮吧。

制裁來了。

為了制裁化為惡鬼的我，憤怒騎士已經來到不遠處。

第15話 美麗野獸

瓦莉耶爾第二王女軍有民兵四十、親衛隊十五、波利多羅領民二十。對手卡羅琳軍是包含從士在內的七十名精銳領民。

兩軍在維廉多夫的國境線不遠處，徒步約三十分鐘的位置開戰。

「十字！」

簡短的暗號。

出自法斯特・馮・波利多羅口中。

十字弓的箭矢命中卡羅琳軍的五名前鋒，造成傷亡。

卡羅琳軍剩下六十五名。

論數量是瓦莉耶爾第二王女軍占上風。

但是論素質是卡羅琳軍占有壓倒性的優勢。

因為六十五名武裝人員都是由有軍務經驗之人組成。

另一方面，瓦莉耶爾第二王女軍只有等同初次上陣，武器也不夠的民兵四十名。

以及雖然裝備充分，但是初次上陣的親衛隊十五名。

唯一能與對方抗衡的，大概只有訓練度更勝卡羅琳軍的波利多羅領民。

然而最糟糕的是——

「你們統統退到我背後！」

如此吶喊的法斯特・馮・波利多羅似乎為了保護民兵，有如凝聚為人形的殺意，策馬衝進戰場的正中央。

臉上的表情像是盡可能不讓國民與領民有所死傷，同時將敵人視作毫無價值的破布。

憤怒騎士在戰場上來去自如，乘著愛馬突然現身。

他並非直直衝進卡羅琳軍中。

原本看似將民兵當作人肉盾牌，但是他突然介入民兵與卡羅琳軍的戰鬥，大肆屠戮卡羅琳軍的領兵。

死亡螺旋。

這就是卡羅琳自馬車帷幕縫隙窺見的景象。

卡羅琳軍的死者理所當然逐漸增加。

一旦形成一對一的狀況，安哈特王國當中無人能勝過法斯特。

但是卡羅琳的領兵士氣並未衰竭。

人人都為了守護卡羅琳而戰。

卡羅琳已經泫然欲泣。

但是她不能哭。

絕對不能哭。

她們正在為了卡羅琳而喪命。
卡羅琳應該孤身逃亡。
為了讓她們的奉獻不至於白費，只能這麼做了。
但是她無法下定決心。
捨棄這些不惜犧牲一切，也要守護卡羅琳的士兵們。
然而戰場上的時間無情流逝。
一邊朝著國境線退後，一邊應付瓦莉耶爾第二王女軍。
這段時間在戰場上應該不算長——
但是法斯特擊殺的卡羅琳軍人數已經突破三十人。
雖然法斯特不會特別計算。
民兵當然也有傷亡，但是瓦莉耶爾第二王女軍的人數優勢足以分出勝負。
「接下來交給妳了！赫爾格！」
法斯特沒有說出第二王女瓦莉耶爾的名字。
因為一旦說出口，最高指揮官瓦莉耶爾將會成為敵人的目標。
有所顧慮的法斯特孤身策馬奔馳。
卡羅琳軍剩下的數量已無法阻擋法斯特。
只能竭盡全力應對眼前的敵人。
要來了。

對於犯下大罪的惡鬼來說，制裁即將降臨。
法斯特・馮・波利多羅來了。
過不了多久，那團具體的殺意來到卡羅琳軍的兩輛馬車旁邊。
兩輛馬車一大一小。
法斯特選擇了較小的馬車。
單手持著巨劍，輕輕劃破馬車帷幕。
馬車上是因戰場的聲響而擔心害怕的男人與少年。
「猜錯了啊。」
法斯特口吐抱怨。
卡羅琳於是拋下裝載財寶的大馬車，孤身逃亡。
只剩下一人一馬的卡羅琳朝著國境線逃去。
非逃不可。
逃離制裁之手。
逃離法斯特・馮・波利多羅。
逃離憤怒騎士。
表情緊繃扭曲的卡羅琳策馬奔向國境線。
還沒被追上，還來得及。
只要向正在國境線待命的維廉多夫的騎士或士兵求助，甚至能夠反殺法斯特・馮・波利多羅。

卡羅琳抱持這般飄渺的希望，孤身策馬飛奔。

身後是剛才隨口命令男人與少年繼續躲在馬車裡的法斯特。

儘管在後方的戰場，瀕死慘叫、勝利咆哮、劍刃交擊聲交織的戰場樂曲仍未歇息。

拋下背後的一切，法斯特與卡羅琳兩人展開追逐。

然而法斯特逐漸放慢速度。

法斯特的愛馬飛翼已經疲憊不堪。

因為與山賊的戰鬥，以及剛才在戰場上四處奔馳。

即便是再優秀的戰馬也瀕臨極限。

法斯特當然也明白。

不能讓愛馬累倒在這裡。

只要能救回被抓走的男人與少年，便已經保住最起碼的面子。

況且根據法斯特的猜測，卡羅琳的下場已經注定。

已經夠了。

法斯特讓馬停下腳步，拍了拍愛馬飛翼的背慰勞牠的辛勞。

就在距離安哈特王國與維廉多夫的國境線不遠的地方。

法斯特與愛馬止步了。

無視法斯特的舉動，卡羅琳跨過國境。

法斯特只是靜觀其變。

靜候維廉多夫——蠻族特有的價值觀產生的美學給予卡羅琳下達判決。

※

「我名為卡羅琳。欲尋求出奔！同時懇請救援！在我等眼前單槍匹馬的那位，正是法斯特·馮·波利多羅。」

維廉多夫的騎士點點頭。

「我們剛才已用望遠鏡確認戰場。那副容貌與劍技的確是法斯特·馮·波利多羅。」

「那麼！」

殺了那個憤怒騎士。

殺了名叫法斯特·馮·波利多羅的惡魔。

卡羅琳如此吶喊。

然而——

「但是那個男人，那頭美麗野獸並未跨越我們的國境線，依然佇立於該處。」

不知姓名，看起來是總指揮官的維廉多夫騎士指向該處。

憤怒騎士確實站在國境線的另一側凝視著我。

「難道妳們不想殺了法斯特嗎？」

卡羅琳再次吶喊。

但是維廉多夫的騎士不為所動。

「剛才說過了。那頭美麗野獸並未跨越國境線，只是靜靜等候妳。」

等候。

在等誰？

答案簡單明瞭。

「他在等妳被趕出我們維廉多夫的國土，等妳向他挑戰。」

被趕出去。

維廉多夫不會接納卡羅琳。

「妳在說什麼！我的出奔有其價值。妳知道我握有多少安哈特王國的情報嗎！」

「我不曉得妳手上究竟握有多少情報。也許對我們有益處，也許有莫大的價值。」

然而——

維廉多夫的騎士話鋒一轉，搖頭說道：

「那名騎士，在我們這裡稱為美麗野獸的男人正在等妳。妳叫卡羅琳對吧？他正在等著與妳決鬥。我們不打算阻撓。」

「為什麼！難道妳們不想要法斯特・馮・波利多羅的人頭嗎！」

「尚未跨越國境線就不是敵人。最重要的是——」

維廉多夫的騎士望著法斯特的視線甚至帶有幾分憧憬。

「那頭美麗野獸歷經壯烈死鬥之後，斬殺了我們的雷肯貝兒騎士團長。竟然要用數十名騎士與士兵圍攻奪其性命？這是在侮辱我們嗎？」

蠻族的價值觀。

強悍即為美。

因此法斯特在維廉多夫騎士的眼中，正是比任何事物更美的騎士。

她們對男性的價值觀，喜好身形魁梧的強悍男性。

包含這些在內，法斯特對維廉多夫而言堪稱世上最美的騎士。

加以圍殺不符合維廉多夫的美學。

這群蠻族！

卡羅琳險些沒有說出口。

只是用拳頭猛然敲地。

「……妳們要我怎麼做？」

「殺了法斯特．馮．波利多羅。殺了那頭美麗野獸。如此一來我們維廉多夫也會樂意歡迎妳入國。」

維廉多夫毫不期待卡羅琳勝過知名的法斯特。

她們只是想看而已。

想目睹她們這些騎士百般尊敬的美麗野獸，如何發揮實力打倒卡羅琳。

「我知道了。」

這裡就是終點吧。

沒什麼，這種結果正是我應得的下場。

卡羅琳笑了。

於是她離開維廉多夫的國境線，再度返回安哈特王國國內。

啊啊——

失去了一切。

就連自己的性命也即將失去吧。

這就是真正的結局。

卡羅琳對著自己浮現殘酷的笑容。

隨後策馬一路奔向法斯特。

法斯特渾身散發木訥寡言的氛圍開口：

「妳以為逃得掉嗎？」

法斯特疑惑發問：

「沒有男人和少年，沒有財寶，沒有那群忠誠的精銳。難道妳認為維廉多夫會單純接納妳一個人嗎？」

「……」

我沉默以對。

隨後舉起斧槍。

為了盡可能占據有利條件，我不停動腦。

「下馬吧，法斯特・馮・波利多羅。我也會下馬。」

「好吧。」

兩人同樣下馬。

卡羅琳對馬戰的技術沒有自信。

但是即使站到地面，同樣沒有自信能勝過眼前的憤怒騎士。

可是自己不能輸。

不能一敗塗地。

想要至少讓他負傷。

在這個被維廉多夫稱為美麗野獸的男人身上。

在法斯特・馮・波利多羅身上。

卡羅琳已經理解自己必敗無疑。

「妳的武器就用那把斧槍嗎？」

「我才想問你，那把巨劍沒問題嗎？武器長度——好像沒什麼差別啊。那玩意兒是怎麼回事啊。」

卡羅琳稍微笑了。

法斯特手持的巨劍的尺寸非比尋常，長度近似斧槍。

那個尺寸比較接近用於儀式，而非實用性的兵器。就算與法斯特超過兩公尺的身高相比，還是明顯比較長。

劍身鐫刻著奇妙的魔術刻印。

明明是雙手武器，法斯特卻以單手輕鬆駕馭。

這就是王國的最強騎士嗎？

卡羅琳早已放棄了一切。

儘管如此還是不放棄抵抗，究竟是為了什麼？

想成為領主的宿願，堪稱無上寶物的獨生女，真的追隨自己至死的士兵。

卡羅琳已經什麼都不剩。

「別笑啊。這可是祖先代代相傳的武器。」

「是我失禮了。」

簡短的對話。

交換過隻字片語後，卡羅琳舉起一擊必殺的斧槍朝著法斯特揮下。

卡羅琳的身手並不差。

甚至明確可以稱為強者。

步入這個世上為數不多的超人境地。

但是卡羅琳與法斯特的實力差距，無論在誰眼中都是一目了然。

……回過神來，卡羅琳的腹部已經連同板甲被法斯特的巨劍切開。

「……」

卡羅琳默默站在原地。
她本來就知道自己死定了。
只是想像中的情景化為現實。
「還有什麼遺言嗎？有什麼遺憾嗎，卡羅琳？」
對著結束決鬥的對手，法斯特投以憐憫的話語。
卡羅琳絞盡力氣，吐出最後幾個字。

「……瑪蒂娜。」

那是她認為肯定被吊死的獨生女名字。
法斯特將那個名字銘記在心。
任憑內臟從腹部傷口湧出，卡羅琳癱軟倒地。
法斯特對於那道身影感到幾分空虛。
「早知道就不問她遺言了。」
女性的名字。
根據她的語氣判斷，那大概是對幼童的呼喚。少女的名字。
恐怕是已經無法挽回的遺言吧。
聽見這種話總是讓人感到難受。

左思右想，法斯特判斷必須帶回卡羅琳的頭顱。

砍下首級用身上的布包住，慎重地用左手拿著。

直到這時才發現。

在與維廉多夫的國境線上，維廉多夫的騎士與士兵一字排開。

「真是場美麗的決鬥。美麗野獸啊，有朝一日戰場相會！」

如此喊完的維廉多夫騎士們轉身返回自己的城寨。

法斯特靜靜地，以對方聽不見的音量回答：

「我可不想再對上妳們這些蠻族。」

不是有沒有勝算的問題。

維廉多夫戰役對法斯特而言有如心理創傷。

每一名騎士都比安哈特王國的騎士更強。

特別是雷肯貝兒騎士團長更是強大。

如果法斯特當時並非二十歲，十九歲的法斯特想必會落敗吧。

分出勝敗的關鍵在於多了一年的戰鬥經歷與鍛鍊。

但是法斯特贏了。

唯獨這件事實誰也無法否認。

由於那群騎士們沒有接納卡羅琳的出奔，法斯特懷著最起碼的謝意對著她們的背影稍微低頭。

他決定離開維廉多夫的國境線，返回那片戰場樂曲之中。

「好了，這下達成目標。但是……」

究竟遭受多少傷亡？

就領民的訓練程度來說，應該不至於喪命。

但是民兵呢？

還有親衛隊呢？

尚不清楚傷亡狀況。

法斯特不禁咋舌。性情溫柔的瓦莉耶爾第二王女終於要體驗戰場的現實。

一想到這裡，就感覺有點心痛。

第16話 美好夢想

在法斯特與卡羅琳兩名主角離開的戰場上。

第二王女親衛隊各自開始累積擊殺人數。

法斯特下令退到背後的民兵們則是來到陣線後方休息。

取而代之的是赫爾格等波利多羅領民二十人與親衛隊十五人站上前線。

卡羅琳領民的精銳已經剩不到二十名。

卡羅琳領民雖是精銳，但是陷入必須一對二的狀況。

波利多羅領民在赫爾格的指揮下，有效發揮戰力協助親衛隊。

老實說，這場戰鬥即將落幕。

但是儘管理解現況，正在戰鬥的當事人精神依然緊繃。

「殺掉了！下一個！」

「立刻繞到側面支援！我等親衛隊一個人也不准死！」

親衛隊長薩比妮如此大喊。

只擊殺一名敵人的薩比妮立刻前往後方指揮親衛隊。

我的身旁只有一名親衛隊，她同樣是在擊殺敵人之後回來擔任我的護衛。

「公主大人，您好像不太舒服？」

留守的親衛隊員漢娜一邊觀察我的神色一邊開口。

「……死了好幾個民兵。也許超過十人。法斯特明明那麼努力了。」

「這是沒辦法的事。」

漢娜以近似冷酷的語氣低聲回應：

「畢竟這裡是戰場。」

「戰場……」

沒錯，這裡是戰場。

我當然明白。

早在直轄領的小村莊見到那具飽受折磨的無頭屍體時，我就理解這一點。

我還不理解的是人稱憤怒騎士的法斯特超凡的強悍。

以及當下充斥瀕死的慘叫、勝利的咆哮，以及劍刃交擊聲的戰場樂曲。

這兩件事我還無法理解。

坦白說，我感到害怕。

即使上了戰場，依舊無法剝除那層覆蓋著我的懦弱外皮。

是不是有人想要我的命？

是不是有人正打算偷襲我？

儘管置身在與前線有段距離的位置，這種恐懼也沒有變淡。

「親衛隊──我的親衛隊沒人陣亡吧？」

「我等親衛隊沒那麼弱。好歹也是藍血。和平民相比，戰鬥技術和裝備都不同。」

像是要讓我鎮定下來，漢娜如此說道。

事實上，目前確實一個不少。

第二王女親衛隊遠比瓦莉耶爾認為的還要強悍。

雖然因為初次上陣而手忙腳亂，但在有了殺人的經驗之後，一舉一動都恢復平常訓練時的水準。

如果能就此結束就太好了。

如此心想的瞬間，一名女人從親衛隊與波利多羅領民包圍的敵陣當中衝了出來。

她手中的武器是──

十字弓。

法斯特毫不理會教會抱怨，堅持使用的強力武器。

「──找到妳了！妳就是總指揮官吧！」

手持十字弓的女人大概是頭部遭到重擊，不停流血。

眼中充滿忘我的憤怒。

我害怕得只能傻傻站在原地。

「原本以為自己待在安全的後方，也有可能突然遭到敵人的精銳部隊突襲。」

姊姊傳授的初次上陣的訣竅。

這句話掠過腦海。

「跟我一起死吧！」

十字弓的箭矢。

我就站在她的前方。

會被殺。

我連稍微扭動身體都辦不到。

「瓦莉耶爾大人！」

身旁的漢娜為了保護我而衝到十字弓前方。

沉重的扳機聲傳進耳裡。

漢娜以身為盾，鎖子甲前後皆被貫穿的聲音響起。

十字弓的箭矢射穿了漢娜的身體。

漢娜直接倒在地上。

「漢娜！」

我立刻跑向漢娜身旁，但是她沒有反應。

完全失去意識了。

「妳這傢伙！」

我瞪視手持十字弓的女人。

女人面露噁心的扭曲笑容。

接著張開雙手。

「到此為止啊。殺了我！」

「用不著妳多說！」

我拔劍衝向手持十字弓的女人。

心中充滿親衛隊——漢娜被打倒而湧出的憤怒。

暴怒。

「混帳東西。就是妳把漢娜——！」

有生以來第一次這麼憤怒。

那層懦弱的外皮早已被我拋在腦後。

首先刺瞎眼睛。

接著砍下耳朵。

對著倒地的女人，我用腳踐踏她的臉，踩斷她的牙齒。

女人很快便不再動彈。

我使勁把劍刺進她的胸膛，給她致命一擊。

「就是妳、就是妳把漢娜——」

瓦莉耶爾總算恢復冷靜，冒出自己剛才殺了人的自覺。

擊殺數一。

這種事根本不重要。

「漢娜！」

瓦莉耶爾手拿染血的劍，轉身跑向後方漢娜倒地的位置。

彷彿這時才恢復鎮定，她的雙腳似乎明白「我剛才殺了人」而猛烈顫抖。

※

她置身夢境。

那是孩提時光的夢。

「明明想要男孩子啊。」好幾次有人這麼對她說。

無論父親還是母親，或是其他姊妹都這麼說。

儘管這個世上男孩本來就不常見。

生下男孩的比例只有十分之一。

自己出生在地位還不差的藍血——世襲貴族家中，排行老四。換言之，自己是個派不上用場的孩子。

替補的替補的替補。

不被任何人期待，是個沒用的孩子。

因此受到的對待也很隨便。

雖然受過最基本的騎士教育，但是只要一犯錯就會被罵是「蠢孩子」，家人們也很快放棄了她。

也因此接受的騎士教育並不完整。

唯獨意外擅長槍術和劍術。

甚至顛覆年齡的差距，贏過每個姊姊。

也因此遭受姊姊們嫉妒。

餐桌上的餐點總是比其他姊妹少一道菜。

算了，這也無所謂。

我的童年本來就沒有快樂的回憶。

好不容易長到十四歲，就像是遭到放逐般被老家趕出去。

「妳從今天起加入第二王女瓦莉耶爾的親衛隊。」

值得感謝的安排。

如此一來就不用再和妳們，和這些可恨的家人碰面。

我對家人早已不抱持親情。

她們只是應當憎恨的仇敵。

我前往王宮，接受成為騎士的儀式。

我第一次遇見瓦莉耶爾第二王女時，她才十歲。

比我小了四歲。

然而我也只是受過部分騎士教育的十四歲。

真的能夠順利完成騎士敘任儀式嗎？

老實說，當時的我十分不安。

「務必成為教會、鰥夫、孤兒，或是抵抗異教徒的暴虐，是為服侍神的所有人的保護者與守護者。」

瓦莉耶爾第二王女說出祝詞。

隨後以劍輕敲我的肩膀。

「……」

我說不出話來。

坦白說，我想不起來。

應該要怎麼回答呢？

老實說，我的思考能力等同黑猩猩。

見到我一語不發，第二王女瓦莉耶爾輕聲笑道：

「不說話也沒關係。我是替補，妳也是替補。從今以後一起努力吧。」

面對連騎士誓言都說不出口的我，瓦莉耶爾大人靜靜微笑。

在那以後真的很開心。

除了開心之外沒什麼好說的。

過去的十四年，那難以言喻，有如惡夢的十四年甚至被我拋到腦後。

親衛隊裡人人都是蠢蛋。

親衛隊裡所有人都是毫不掩飾，不折不扣的蠢蛋。

因為結識了第二王女親衛隊，我第一次理解何謂朋友與夥伴。

同時發現世上居然有這麼多像我這樣的蠢蛋，也讓我的心情有些複雜。

親衛隊長薩比妮很糟糕。

尤其糟糕。

她和我們一樣都是最低階的終身騎士。

但是她堅持口才最好的自己應該擔任隊長。

這是什麼邏輯啊？

因為她不聽人說話，只要有人想反抗就會抓狂，瓦莉耶爾大人也只好讓步。

「我其實是想讓妳，讓漢娜擔任親衛隊長喔。」

瓦莉耶爾大人這句話讓我很高興。

在家裡從來沒有人稱讚過我。

啊啊，薩比妮那傢伙真是糟糕透頂。

忘記是在何時，她提出偷窺侍童更衣的計畫。

我原本是想反對的。

但是說不出口。

當時的我身為十六歲的女性，當然對男性的身體有興趣。

親衛隊長薩比妮時常高談闊論不知從何處聽來的下流話題，我也聽得津津有味，從中得到知識。

然而卻從未親眼見過男性的裸體。

「妳一定也有興趣吧，漢娜。」

說沒興趣是騙人的。

不久後便帶領第二王女親衛隊共十五人，前去偷窺侍童更衣。

我們理所當然被逮了。

十五個人一起去偷窺，本來就是不可能的事。

為什麼沒有人阻止？

我們的智力真的只有黑猩猩的水準嗎？

我自己也不禁如此懷疑。

然而——

儘管引發那個事件，瓦莉耶爾也沒有剝奪我們親衛隊的職務。

「我已經跟母親大人求情了。這件事就到此為止——雖然我也想這樣講。」

「不能就這樣了事嗎？」

「當然不能啊！這群笨蛋。黑猩猩！所有人都給我跪下！」

親衛隊共十五人，全體被迫跪在地上挨罵。

真是美好的回憶。

不同於幼年時期。

有幸受到敬愛的瓦莉耶爾大人責罵，簡直可以說是獎賞的美好回憶。
在親衛隊的每一天都很開心。
漢娜有個夢想。
瓦莉耶爾大人肯定不會成為女王吧。
況且溫柔的她也不適合擔任女王。
這樣也沒關係。
瓦莉耶爾大人只要當我們的主人就好了。
不需要其他任何人。只屬於我們的主人。
我們第二親衛隊所有人，雖然大家都是最低階的貧窮騎士。
有朝一日提升到世襲騎士。
就像親衛隊大家一起出錢，在平常那間便宜酒館買下整桶酒那樣。
大家想辦法一起找個藍血的丈夫。
生兒育女。
讓兒女繼承自己的地位。
然後、然後——
漢娜還在作夢。
然而夢醒時刻到了。
男人的聲音喚醒了她的意識。

「還有其他人受了重傷，我來指揮領民進行治療。公主大人請陪在眼前的她身旁。其他工作由我接手。」

「漢娜！漢娜的傷勢最重！法斯特，求求你法斯特！救救她！」

「瓦莉耶爾第二王女殿下。」

啊啊，瓦莉耶爾大人在哭。

為什麼要哭呢？

波利多羅卿的表情像是強忍某種情緒，以難受的模樣看著我低語：

「君主送家臣最後一程，唯獨這個職責旁人無法代替。」

原來是這樣啊。

我快死了嗎？

這場夢要結束了嗎？

聽見波利多羅卿與瓦莉耶爾大人的對話，我理解了現實。

「妳醒了？妳醒了吧？妳還活著喔，漢娜。」

「親衛隊——親衛隊，保護王女大人，天經地義。」

舌頭很不靈活。

不知為何非常想睡。

想要就這樣閉上眼睛再次入睡。

但是我得保持清醒才行。

我得想辦法，讓瓦莉耶爾大人不再哭泣。

「瓦莉耶爾大人。」

「怎麼了，漢娜？妳這個人真笨，為什麼要幫我擋箭。根本沒有好處啊。」

好想睡。

為什麼瓦莉耶爾大人還在哭呢？

「不對，可是，這是榮譽。榮譽的負傷。就算要拜託母親大人，我也會提升妳的位階，讓妳過更好的生活。然後、然後……」

好像撐不下去了。

對不起，瓦莉耶爾大人，老是惹您生氣。

要是我睡著，您肯定又會生氣吧。

所以在那之前，先讓我說句話——

「我啊，最喜歡瓦莉耶爾大人了。」

至少想傳達這個心意。

並不是為了對王室效忠。

身為藍血的騎士雖然丟臉，但是我完全不那麼想。

我單純是因為喜歡瓦莉耶爾大人，才會宣誓效忠。

啊啊，好想睡。

我閉上眼睛。

「漢娜！睜開眼睛啊！」

瓦莉耶爾第二王女發出懇求的哀號。

那雙眼睛已經不會再睜開。

——漢娜最後輕輕吸了一口氣，陷入永遠的沉眠之中。

再也無法作夢。

瓦莉耶爾第二王女命令她醒來，憤怒又悲慟的哭泣聲響徹周遭。

第17話 無法退讓之物

在那之後過了一夜。

少年與男人趴在戰死的妻子與母親屍體上哭泣。

為了盡可能減少死者，法斯特率著領民治療重傷者。

「不要哭，漢娜只是完成了自己的職責。不要哭。」

薩比妮對著自己喃喃自語，從昨晚入睡時便一直握著親衛隊當中最親密的隊員失去性命的手，一整天沒有放開。

另一方面，法斯特勸我稍事休息。

我仍未從漢娜的死亡當中重新振作。

第一次殺人的衝擊也還沒消退。

我像是要忘記這一切，接受了法斯特的好意，得到一段安靜獨處的時間。

當然了，因為漢娜之死大受打擊的親衛隊所有人都為了保護我，同時也像是藉由投身職務擺脫某些情緒，在我周遭負責警戒。

我雙腿一軟，全身無力。

「別哭啊，拜託不要哭。拜託。漢娜只是盡了自己的職責而已。」

薩比妮和昨晚一樣用臉頰磨蹭漢娜的手，再次哭了起來。

薩比妮對自己再三叮嚀的話語絲毫沒有意義。

薩比妮恐怕正在對這場戰鬥感到後悔。

如果她沒有刺激民兵參戰，沒有這次追擊，漢娜大概也不會死吧。

但這只是馬後炮。

那是捨棄所有小村莊的直轄領民逃走、撤退的狀況。

親衛隊每個人都不會認為是薩比妮害死了漢娜。

漢娜與薩比妮關係就是那麼深厚。

漢娜和薩比妮是獨一無二的摯友。

薩比妮握著漢娜的手不斷流淚，說著那些沒有意義的自我安慰。

我愣愣地看著這一幕，沒有阻止她。

想哭就哭吧。

儘管為她哭泣吧。

因為我已經哭到好像要脫水了。

薩比妮代替我為她哭泣也好。

我是這麼覺得的。

我一面看著眼前的景象，一面想著這些事。

遠處傳來細微的聲響。

馬的嘶鳴，馬蹄聲，還有腳步聲。

軍靴的聲響。

我不由得站起身來，呼喚最值得信賴的顧問之名。

「法斯特！也許是維廉多夫——」

「不，公主大人。不是維廉多夫。」

法斯特看起來很冷靜，脖子上掛著望遠鏡。

——從卡羅琳身上取得的戰利品。

他用望遠鏡看往聲音傳來的方向。

「那是亞斯提公爵的旗幟。是援軍。」

來得太慢了。

如果早一天到達，漢娜——

我知道這只是無謂的抱怨。

也知道這只是假設。

趕不上並非任何人的錯，關於這點我也心知肚明。

明明心知肚明，還是冒出這個想法。

我開始思考。

接下來該怎麼做。

「法斯特，不好意思給你添麻煩。我——」

我打算交給法斯特來判斷。

但是我隨即打消這個念頭。

不知為何，我想負起自己的職責。

「法斯特，我命令你。接下來我將以安哈特王國第二王女瓦莉耶爾的身分，以這場戰鬥勝利方的身分迎接援軍。開始準備。」

「——遵命。」

法斯特單膝跪地，恭敬地對我行禮並且回答。

仔細一想，到頭來同樣是交給法斯特去做。

差異只在於是我拜託他，還是命令他去做。

然而還是不一樣。

拜託與命令的差別很大。

至今為止，我是只會拜託法斯特的人。

我在心裡唸唸有詞。

決定迎接亞斯提公爵。

法斯特通知地方官援軍已經抵達，命令她先集合志願民兵以及男人與少年。

同時也下令將重傷者移到前方，讓她們能儘快接受醫務兵的照料。

接著轉向波利多羅領民，叫來從士長赫爾格，要她安排迎接援軍的準備。

我至少要命令麾下的親衛隊，要她們準備迎接援軍。

親衛隊所有人──薩比妮還不行。

那傢伙需要時間。

和我一樣重新振作的時間。

我將守護漢娜遺骸的任務交給薩比妮。

放棄要求親衛隊長振作，命令一名親衛隊員擔任臨時親衛隊長。

她與漢娜一樣，原本是我心目中的親衛隊長人選之一。

雖然就我的親衛隊平均水準來看，實在稱不上能夠放心。

儘管如此，也只能逼著她臨時上任。

援軍的斥候到了。

騎著快馬來到我面前。

「我們是亞斯提公爵軍，前來救援。希望能確認狀況！」

「我是第二王女瓦莉耶爾！戰事已結束！我的顧問法斯特·馮·波利多羅英勇擊敗卡羅琳！敵軍已經全數殲滅！目前正在善後處理。提供協助的民兵之中有人身受重傷！你們隊上有醫務兵吧！」

我對著斥候大喊。

那名斥候騎士雖然感到有些疑惑，還是相信我的話。

「了、了解。已確認戰況。我們亞斯提公爵軍將在三十分鐘後抵達，隊上也有醫務兵。請稍待片刻！我將回頭報告狀況！」

斥候騎士轉身朝著逐漸靠近的亞斯提軍策馬奔馳。

「呼！」我輕聲吐氣，一想到即將見到亞斯提公爵就感到心煩。

我害怕她的眼神。

那雙眼睛總是明確述說「妳是個庸才，我討厭妳」。

亞斯提公爵──

非常厭惡沒有才能的藍血。

這是眾所皆知的事實。

那麼現在的我又是如何？

挑起數量不利的戰鬥，導致國民──十名民兵死亡，失去一名親衛隊，逼著法斯特為我賣命。

儘管如此還是取得勝利。

就結果來說，就藍血來說應該是無可挑剔的結果吧。

只付出這種程度的犧牲就獲得勝利。

真是了不起──周遭眾人大概會如此稱讚吧。

然而我無法認同這次的功績。

我覺得自己身為瓦莉耶爾第二王女，配不上這樣的結果。

見到這樣的我，亞斯提公爵會露出何種眼神呢？

感到不安。

感到恐懼。

第一王女顧問。

亞斯提公爵藉由毛遂自薦得到這個職位。

每當我看著她的眼睛，就覺得自己的價值與存在意義遭受質疑。

——不對。

我——

我要與那個亞斯提公爵面對面。

並非與她敵對。

而是成為能夠抬頭挺胸迎向那道目光的人物。

這股感情究竟是什麼？

我也不知道那股感情究竟是從何處湧現。

我沒由來地有了這個想法。

※

亞斯提非常討厭瓦莉耶爾第二王女。

畢竟她是個庸才。

若是平民還無所謂。

還能夠諒解。

藍血的庸才是亞斯提最為厭惡的生物。

「犧牲十名志願民兵與一名親衛隊騎士，殲滅敵方七十名精銳與三十名山賊。合計一百啊。」

亞斯提奮筆疾書，隨即撕下那張報告書。

「這個交給莉澤洛特女王陛下。快馬送過去。」

「遵命。」

亞斯提的隨從低頭接下報告書。

這裡是亞斯提公爵軍設置的軍營。

士兵們來來去去，忙著治療民兵。

麾下的所有騎士都來擔任我的警衛。

「那麼瓦莉耶爾第二王女殿下，初次上陣便戰果輝煌，現在心情如何？」

「……這一切都是仰賴志願民兵與親衛隊的部下，以及最重要的法斯特。我什麼事也沒做。」

「哎，可以想見。」

我乾脆地點頭。

老實說，這幾乎都是法斯特的戰果吧。

我前來瞻仰法斯特的屁股——更正，為了接手治療民兵時順便與法斯特聊了幾句，得知他這次的擊殺數大概是四十左右。

大概是因為那個男人不會特別仔細計算，自己估計的數字通常都會偏低，因此肯定一個人就殺了一半以上。

那名憤怒騎士不是生在敵國維廉多夫，真教人額手稱慶。

言歸正傳。

我屏除雜念，再度看向瓦莉耶爾的臉。

話說回來，瓦莉耶爾這個庸才過去曾經露出這種眼神嗎？

我記得這個女孩在我和安娜塔西亞眼前，總是畏畏縮縮地低著臉。

嗯。

稍微試探幾句吧。

「瓦莉耶爾第二王女，我們移動到小營帳吧。我想和妳單獨聊一下。」

「……我知道了。」

「當然了，別忘了叫親衛隊在營帳外頭待命。這裡是維廉多夫的國境線，不知道會發生什麼事。」

「是啊。」

我和瓦莉耶爾走進一頂小營帳。

我們坐在兩把粗糙的折疊椅上，我對著瓦莉耶爾問道：

「親衛隊為了妳擋箭而死，然後妳幫她復仇殺了一個人。這是何種心情呢，瓦莉耶爾第

二王女？」

「……誰告訴妳的？」

「法斯特說的。他偷偷過來拜託我：『望您體恤她的心境。』哎呀～法斯特可真是溫柔啊。」

我壓低身子，由下往上望著瓦莉耶爾的臉龐觀察她。

「當然了，我當場就答應他。但是不會特別在意就是。」

死也不願意被法斯特討厭。

我當然答應了。

甚至覺得聽從他的要求也無妨。

不過我改變主意了。

我對現在的瓦莉耶爾充滿興趣。

這傢伙有點變了。

即時是現在也直直盯著我的雙眼。

在眾多庸才當中，偶爾也會出現這種傢伙。

究竟是什麼改變？

「實際上怎麼樣？殺人的感覺如何？」

「漢娜為了我光榮犧牲了。而我冷靜地為她復仇。這樣的行為，我認為確實不失藍血的身分。」

「嗯。」

騙人的。

這只是嘴硬。

大概是近乎瘋狂地為親衛隊報仇。

聽說就連安娜塔西亞也是這樣。

在維廉多夫戰役，初次上陣突然遭到偷襲而陷入混亂，親衛隊被殺使她為之瘋狂，當時的她殺紅了眼，導致與我的通訊暫時中斷。

聽說女王莉澤洛特初次上陣也是如此。

我自己也是一樣，初次上陣時家臣被殺的憤怒同樣讓我幾乎失去理智，殺死敵人。

這是我們這一族的特質。

「欸，瓦莉耶爾第二王女殿下。」

「大家都是親戚，這種時候叫我瓦莉耶爾就好。」

「那麼瓦莉耶爾，妳這次雖說是仰賴法斯特，但也算是立下輝煌戰功。如此一來諸侯與法袍貴族也無法繼續輕視妳。妳今後有什麼打算？」

這是我的問題。

詢問已經不再只是花瓶的瓦莉耶爾。

妳今後想做些什麼？

有何目標？

「……親衛隊。」

「親衛隊？」

「我想把她們全部培養成為世襲騎士。」

真是奇妙的回答。

我是問妳今後想做什麼。

不是問妳關於部下日後的安排。

「不，等等。培養？這是什麼意思？」

「我對女王的寶座沒有興趣，也不覺得自己有那個可能。若是問我有沒有才華，那更是沒有。但是即使是這樣的我——」

瓦莉耶爾握緊拳頭，彷彿是在緊緊握住的手中找到了什麼。

「同樣也有家臣。一直到了現在我才終於發現。很笨吧？會被妳視為庸才瞧不起也不是沒有道理。」

啊哈哈。瓦莉耶爾發出乾笑並且回答：

「姊姊大人有朝一日會成為女王，而我會去修道院。我的人生到此為止。我一直都這麼認為。可是啊，就算是我也有一個絕對無法退讓的事物。」

「妳指的……是什麼？」

我充滿好奇等候她的回答。

「唯獨她們，我的親衛隊，我一定要培育她們。在各地不管是軍務、談判，或是其他雜務都好。只要能提升她們的位階，讓她們累積經驗的話，我什麼都願意做。我會擔任指揮官前往現場，盡到身為藍血的義務。」

真是個怪女人。

成長方向不同於常人。

這是亞斯提真實的想法。

有人因為一時幸運立下戰功，就此沉溺於欲望之中。

有人因為家臣之死太過悲慟，導致精神失常。

有人因為太過深愛平民與領民，內心無法承受任何損失。

藍血之中有不少人因此面臨悲慘的結局。

但是瓦莉耶爾並非如此。

她說除了親衛隊的未來之外別無所求。

還說單純為了這一點，日後也將繼續盡到身為藍血的職責。

當然了，她也會為了伴隨而來的藍血義務鞠躬盡瘁吧。

真是怪女人。

只能這麼形容。

由於用情過深導致這個方面的成長嗎？

「瓦莉耶爾第二王女殿下。」

「怎麼突然這麼正經。」

「坦白說，一直以來我都很討厭妳。」

聽到這句話，瓦莉耶爾露出微笑。

這麼明顯的事我當然知道。

那個表情像是這麼回答。

「但是現在的妳沒有那麼討厭。」

「沒有因此變成喜歡啊。」

「因為就藍血的王族而言恐怕——不，肯定是錯的。妳是個徹頭徹尾的凡人。」

的確如此。我也這麼覺得。

瓦莉耶爾只是回以這樣的微笑。

瓦莉耶爾沒有回應亞斯提的評語，只是用微笑代替承認。

真的朝著奇怪的方向成長了。

想著這件事的亞斯提結束對話，獨自一人走出營帳。

接著決定再次去瞻仰法斯特的屁股。

第17.5話 返回王都的歸途

歸途的氣氛十分沉悶。

將善後處理交給公爵軍，我們為了報告踏上返回王都的歸途。

法斯特與我騎著馬，走在一行人的最前方。

我的親衛隊與法斯特的領民們緊跟在後。

隊伍唯一的推車上頭載著遺體。

第二王女親衛隊副隊長漢娜的遺體。

「法斯特，不好意思。」

「怎麼了嗎？」

「拖累了行軍速度。」

雖然法斯特的領民們願意協助搬運漢娜的遺體。

但是第二王女親衛隊的所有人感謝對方的好意，堅持自行搬運漢娜。

因為戰鬥時受了傷，以及初次上陣的疲勞，親衛隊推車的速度快不起來。

更麻煩的是薩比妮時不時就會哭。

隊長薩比妮成了那副德性，副隊長漢娜戰死。

我得振作起來才行。

我滿腦子都想著這件事。

明知親衛隊肯定不願意，我還是決定麻煩法斯特的領民們幫忙搬運漢娜的遺體。就在我正要再次開口時——

「請稍等。」

也不知道他究竟有沒有聽見。

法斯特稍微輕撫愛馬飛翼的背部，就此下馬。

然後邁步奔跑。

「法斯特？」

他好像從剛才就不時環顧四周。

似乎在路旁發現什麼，縮起巨大的身軀蹲下。

靈巧地動手，似乎正在從地面摘取什麼。

高大的身軀緩緩起身，轉身面對我們。

「花？」

那是樸素的野花。

在這段稱不上初次上陣即凱旋的陰鬱歸途，這是他好不容易找到的花叢吧。

法斯特摘了許多嬌小的野花。

他朝著我們緩緩走來，經過我的身旁走向後面的部下——

一直來到親衛隊推動的推車，走到漢娜的遺體旁邊。

「薩比妮閣下。」

走向推著載運漢娜遺體的推車的其中一人。

面容憔悴的薩比妮以納悶的模樣回答：

「波利多羅卿。這些花——」

「對於守護瓦莉耶爾第二王女殿下的騎士，我想致上幾分敬意。可以嗎？」

薩比妮沉默不語。

接著稍微露出煩惱的模樣之後回答：

「……漢娜想必沒有機會得到男性送花吧。可以啊。她一定會開心。」

「謝謝。」

法斯特簡短致謝。

將捧滿雙手的野花一朵接著一朵塞進放有漢娜屍體的簡樸棺材中。

全部放完之後。

「薩比妮閣下，請節哀順變。」

「我知道。」

薩比妮以稍微有點釋懷的表情回答。

啊啊，大概就是差在這裡吧。

我身為施政者有所不足的地方，也是儘管波利多羅領的規模不大，法斯特依然是名優秀

領主騎士的原因。

我只擔憂延誤歸途，法斯特則是思考如何讓那些女孩的內心得到救贖。

法斯特緩緩靠近我身旁。

「那麼我們就慢慢向前走吧。」

我想和薩比妮一樣用「謝謝」表示謝意。

以小到不能再小的聲音低聲說句：「謝謝。」便不再出聲。

法斯特注意到的事我卻沒能察覺，這讓我感到十分羞愧。

我沒有資格像那樣高高在上地口頭表示感謝。

我只是曖昧地用無聲的話語代替回應。

「……是啊。」

我們慢慢地行軍。

步調比剛才還快。

稍事休息也是原因之一，不過主要還是法斯特剛才的舉動，讓親衛隊的氣氛大為改變了吧。

我辦不到這種事。

「欸，法斯特。」

「請問有什麼事，瓦莉耶爾大人？」

「法斯特，你要不要辭掉我的顧問，改當姊姊大人的屬下？我有收到這種提議喔。」

我有了夢想。

我要培育這批親衛隊。

我什麼都願意做，什麼都命令她們去做，讓她們成為了不起的世襲騎士。

但是我覺得這個夢想若是牽連到法斯特，對他不太好意思。

「我拒絕。」

法斯特的回答輕描淡寫。

「安娜塔西亞第一王女殿下也曾對我提出邀約，而我也一度加以拒絕。」

「為什麼？」

如果要說金錢與地位帶來的福利，想必是姊姊大人能給的更多。

法斯特繼續說道：

「理由有很多。不過現在的我比較在意瓦莉耶爾大人也是原因之一。」

「我一無所有喔。」

「在這次初次上陣之前，或許真的是這樣。」

法斯特不時撫摸愛馬飛翼的背，享受那份觸感。

「初次上陣之後，您對亞斯提公爵說過自己將來的目標是培育自己的部下。我並不討厭這樣的您。」

「……亞斯提公爵都告訴你了？」

「和公爵軍道別時，她全都說了。」

法斯特轉頭看著我的臉。

「我也是有血有肉的人。瓦莉耶爾大人，其實我法斯特還滿敬愛您的喔。」

法斯特筆直望著我的眼睛。

先是露出淺淺的微笑，再度將視線轉向前方。

我覺得有些害臊。

敬愛啊。

反過來說，我是怎麼看待法斯特的？

這個問題掠過腦中。

起初只是純粹的契約。

為了領主交接，領主騎士請求謁見女王陛下。

於是我給了他顧問的職位，以及職位帶來的職務之便，還有少許金錢報酬。

另一方面，法斯特則以領主騎士的身分做出貢獻。

只是這種程度的關係。

雖然表面來說只是這樣。

但是對於我瓦莉耶爾而言，其實大有不同。

「父親大人。」

母親大人與姊姊大人肯定也對法斯特抱持類似的感情，但是不曉得到何種程度。

父親大人的身材沒有這麼高壯，長相也不同。

雖然溫柔，但是個性不至於完全相同。
然而還是很相似。
與過世的父親大人羅伯特十分神似。
大概是兩人散發的氛圍使然吧。
「……」
妳已經找到父親的替代品了。
以前經過王宮時，姊姊大人曾經對我拋下這句話。
那大概是指法斯特與父親大人太過神似，同時揶揄我依然對父親大人有所依賴吧。
那也許是「我會搶走」的宣戰通知。
當時的我是這麼想的。
唯獨法斯特不想讓給姊姊大人。
我剛才對法斯特說的話，與這個心境互相矛盾。
我問他要不要當姊姊大人的屬下。
雖然矛盾，但是並非謊言。
親衛隊願意對這樣的我效忠，我也希望這些笨蛋獲得幸福。
這種心情對於我的顧問法斯特也不例外。
「欸，法斯特，你願意聽我說嗎？」
我對著法斯特開口。

「有什麼事嗎，瓦莉耶爾大人？」

法斯特的表情顯得有些疑惑。

大概是覺得該說的話都告一段落了吧。

但是並沒有結束。

而是稍微重新開始了。

「我的顧問就是你。以後還請多多指教喔。」

法斯特對我抱持的感情，大概只是單純的敬愛吧。

但是法斯特剛才確實宣言不會拋棄我。

歷經這次初次上陣有所變化的我，似乎變得有些貪心。

「總有一天。」

如果能實現的話，總有一天。

「真希望有一天能親眼看到你——法斯特的領地波利多羅領。」

未來的某一天，一切落幕的話。

我希望能待在法斯特身邊。

如果將來有個進入修道院，一切就此結束的未來。

那麼名為瓦莉耶爾的第二王女，也有可能成為波利多羅領這個小領主的妻子。

運用這次初次上陣產生的些許政治力，說不定有這個可能。

我不禁萌生這樣的夢想。

當然了，我個人的未來，優先程度比不上我可愛的親衛隊就是了。

「喔。」

他大概完全不懂我的想法吧。

法斯特眨了眨眼睛，露出有些為難的表情。

「我的領地稱不上富裕，實在無法好好招待您。如果這樣也無所謂的話。」

他真的什麼都不懂呢。

法斯特這個男人就是這麼遲鈍。

他完全沒有察覺在我心中悄悄發芽的戀慕。

「以後還請多多指教喔。」

說完這句話，我便閉上嘴巴。

再次踏上安靜的歸途。

很快就會抵達王都。

我開始在心中默默盤算，該如何安排漢娜的葬禮。

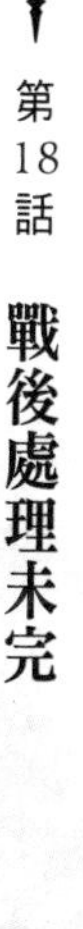

第18話 戰後處理未完

走在王宮裡。

我，莉耶爾結束戰地的善後，返回王都安哈特。

全體第二王女親衛隊，包含漢娜的亡骸在內當然也一起回來。

漢娜下葬時，只有親衛隊、顧問法斯特，以及我十六個人參加。

在我們的守望下，葬禮靜靜地進行。

母親大人曾提議因為守護第二王女的性命，葬禮自然要有配得上此等功績的排場。

因此可以安排法袍貴族的武官們，包含女王親衛隊的隊員列席，莊嚴隆重地舉辦。

我不覺得漢娜會因此感到開心。

我與親衛隊的眾人都希望只由我們舉辦葬禮。

我們認為這樣肯定最能讓漢娜開心。

更重要的是若是讓消息傳開，漢娜的家人們得知之後改變態度前來弔奠的話，漢娜肯定不會高興吧。

反而會惹她生氣。

「薩比妮。」

「有什麼事嗎，瓦莉耶爾大人？」

「漢娜的事已經看開了嗎？」

我對著身旁的薩比妮發問。

滿臉悲傷的薩比妮微微搖頭。

看來似乎尚未完全振作。

「公主大人，關於那個直轄領小村莊的村民。」

「就如同妳所知道的，一切都交給亞斯提公爵。還有我也已經拜託母親大人，妳用不著擔心。」

遭到薩比妮煽動，投身戰場的那些人。

地方官雖然身負重傷依然指揮志願民兵，挽回身為藍血的名譽。

包含倖存的重傷者在內一共三十名志願民兵，再加上救回來的男人與少年。

至於十具亡骸則由亞斯提公爵幫忙運送。

卡羅琳帶走的財寶與領民的武裝，全部由亞斯提公爵回收。

據說之後將會用來補償直轄領的遺族。

雖然女人的數量減少了，至少奪回男人與少年。

未來官僚貴族將依照母親大人的命令，召集相當於損失人數的移民，每年視情況增加村民數量，逐漸取回小小村莊的純樸幸福吧。

直到擺脫對死者的悲傷為止。

直到卡羅琳破壞村莊的傷痕消失為止。

雖然應該會花上很長一段時間。

「這樣啊。」

肯定會花上比薩比妮重新振作更長的時間吧。

至於薩比妮，則是因為本次的戰功，位階晉升兩階。

其他親衛隊隊員的位階晉升一階。

這次的功勞無庸置疑。襲擊直轄領、擄走男人與少年們、搶奪財寶，而且竟然想獻給維廉多夫換取亡命，如此的賣國賊——

討伐罪大惡極的卡羅琳，母親大人表示這般功績足以晉升。

但是對於薩比妮連升兩階，法斯特似乎略有微詞。

聽說徵召民兵是隊長薩比妮的功勞吧？發問的母親大人露出納悶的表情。

「面對那個狀況確實是最佳選擇，從結果來看也很明顯是最佳選擇。關於這點我承認。但是請恕我直言——」

法斯特針對薩比妮那場演說坦承表明自己的想法，向母親大人提出抗議。

母親大人因為內容而抽動臉頰，聽到法斯特這麼說，我回憶起來也覺得那些話語不應該出自藍血之口。

不過重點是勝利。

母親大人表示她會命令吟遊公會編寫英傑頌歌，敘述居民們受到薩比妮熱情的鼓舞而自願上戰場，這次就這麼加以帶過。

法斯特放棄的無奈表情像是在說「好吧，除此以外別無他法」，那表情仍然歷歷在目。

於是薩比妮連升兩階的決定並未改變。

不過下一次說不定會讓法斯特真的氣到翻臉，我得好好叮嚀薩比妮才行。

不過就算我不說，我想她也不會再做這種事。

驅使民兵上戰場導致出現傷亡以及漢娜之死，都讓薩比妮深深懊悔。

接獲吟遊公會指令的吟遊詩人們想必會在王都各處傳唱，我只希望她別因為聽到捏造的英傑頌歌更加心痛。

這大概是強人所難吧。

薩比妮的臉色不太好。

晚上睡得還好嗎？

我也會夢見那陣戰場樂曲以及自己殺死的女人臉龐，忍不住在床上驚醒。

這也會隨著時間慢慢解決嗎？

「……」

話說回來，有關法斯特這次立下的功績，會得到什麼獎賞呢？

沒有法斯特就沒有這場勝利。

在維廉多夫戰役中，相較於法斯特立下的顯赫功勞，他要求的金錢獎賞非常微薄，母親大人與法袍貴族也說他是個無欲無求的男人。

對於法斯特本次戰功的獎賞如今尚未公開發表。
不對，等一下。
該不會非得要從我的歲費出錢才行吧？
法斯特是以第二王女顧問的身分參加戰事。
那麼由我給予獎賞也是理所當然，所以母親大人才會至今什麼都不說——
我不由得連連點頭。
就我的權限能夠動用的少許歲費，實在不可能拿出能讓法斯特滿足的報酬。
之後得再找母親大人商量這件事。
關於這場戰事，坦白說我希望國庫幫忙出錢。
或者乾脆趁著這個機會增加我的歲費。
既然保住國家的面子，這樣應該不過分吧。
我如此祈禱。
我一面想著這些事，一面走過王宮走廊。
「哎呀，瓦莉耶爾。午安。」
「姊姊大人。呃……午安。」
姊姊大人，安娜塔西亞第一王女對我搭話，她的眼神讓我渾身僵硬。
不行啊。
雖然能與亞斯提公爵四目相對，但是對上姊姊大人還是很困難。

不過問題出在姊姊大人的眼神太過凶惡。
就連法斯特也會避免與她四目相對。
那麼我覺得害怕也不為過吧。
然而，這樣不行。
我已經決定要成為能在親衛隊面前抬頭挺胸的第二王女。
我必須迎向她的視線。
「瓦莉耶爾，妳終於懂得好好跟人打招呼了。這是好事。」
「呃……謝、謝謝稱讚？」
姊姊大人的這句話，可以當成是她稍微認同我了嗎？
我不禁感到納悶。
「我有些話要問妳。」
「好的。」
姊姊有話要問我？
究竟是什麼事？
「我之前傳授給妳的初次上陣的訣竅有派上用場嗎？」
「……」
初次上陣的訣竅。
其一，在戰場上什麼狀況都可能發生。事先得到的情報與真實情況有所出入。

其二，原本以為自己待在安全的後方，也可能突然遭到敵人的精銳奇襲。

還有一點，即使自己所愛的人突然喪命也不奇怪。

「在戰場上，姊姊提醒的狀況全都發生了。但是我沒有善用姊姊給的建議。」

「這樣啊。法斯特和亞斯提寫的報告我都讀過了，不過現場的狀況實在相當糟糕。妳用不著介意。」

「不，無法活用建議，我很抱歉。」

我老實地道歉。

雖然當時不太明白姊姊大人的心情，但那想必是姊姊大人對我的關懷吧。

「瓦莉耶爾。」

「是的，姊姊大人。」

姊姊大人用那有如蛇一般的眼神盯著我的眼睛。

「妳儘管置身在所愛之人於眼前逝去的狀況，也能沉靜應對嗎？」

「……我沒有。」

之前雖然對亞斯提公爵逞強，但是這次老實回答。

我做不到。

那樣對王族來說很不像話嗎？

「如果是這樣，那是件好事。」

「咦？」

姊姊大人出乎意料的發言讓我愣在原地。

姊姊大人究竟想說什麼？

「心愛之人在初次上陣時被殺就會變得瘋狂，朝著敵人胡亂攻擊。這算是我們一族的特徵。」

「……」

這樣真的好嗎？我們這一族。

正常來說不是應該要保持冷靜嗎？

畢竟那是危急時刻。

「坦白說，我之前曾經懷疑妳身上是否真的流著我們一族的血。」

「……」

原來姊姊大人這麼討厭我。

雖然我原本就知道她對我沒有好感。

我不由得驚訝地說不出話來。

「不過看來並非如此。我刮目相看了，瓦莉耶爾。」

「謝、謝謝誇獎。」

姊姊大人這次的誇獎十分明確。

我應該可以為此自豪吧。

只是老實說，我覺得有點難以判斷。

「那麼，雖然我想說的話已經說得差不多，還是有些話想告訴妳，瓦莉耶爾。」

「好的。」

我稍微挺起胸膛回答。

看樣子應該不會是太誇張的話吧。

「看妳做了什麼多餘的好事。因為妳立下的功績，我就任女王的時間要稍微延期了。莉澤洛特女王說要顧慮宮廷的勢力平衡。那個時候乖乖逃回王都就沒這麼多麻煩了。」

真是有夠不講理的。

關我什麼事啊。

不要這樣全力否認我的功績啊。

「瓦莉耶爾，一旦死了就沒有任何意義。常言道留得青山在，我們王族無論就立場而言，還是就最高指揮官而言，同樣絕對不能死。妳要是有個萬一失去性命，就算最後獲得勝利，對於負責輔佐初次上陣的法斯特，王室也必須考慮給以懲罰。」

「關於這點我很明白。」

姊姊大人，按照這個說法，妳所擔心的並非我的死活，而是法斯特嗎？

我不禁感到懷疑。

「最後還有兩點。」

「還有什麼呢？」

老實說我已經感到厭煩了。

真不想繼續單方面被她責備。

雖然我是這麼想——

「第一點是我很高興妳活著回來，吾妹。」

首先湧現的並非喜悅，而是驚訝。

真沒想過會從姊姊大人口中聽見這種話。

冰冷無情的姊姊大人。

讓法袍貴族懷疑我們是否流著相同血液的姊姊大人。

從小就以可怕的視線盯著我的姊姊大人。

簡直可以說是壯舉。

除此之外無法形容。

「另外一點是亞斯提，我的顧問很快就會將村民送回直轄領，順便處理之後回來。瓦莉耶爾，妳先做好準備。」

「準備？順便處理的事是什麼？」

在我不由得在心裡開心地用盡全力吶喊「這是壯舉啊」的同時——

另一件事情讓我萌生疑問。

要準備什麼？

順便處理的事務又是什麼？

「戰後處理還沒結束。這次讓妳陷入如此窘境的最大原因，正是賣國賊卡羅琳的姊姊，赫瑪・馮・波瑟魯。赫瑪在繼承權之爭中勝出，成為波瑟魯領的領主。到這裡為止還好。但是因為她讓卡羅琳與其部下逃走，導致卡羅琳招收山賊襲擊王室的直轄領。我們尚未追究她的過失。亞斯提前往直轄領時，會順便將赫瑪抓來王都。」

「……」

漢娜的死的打擊太大，讓我忘記這件事。

原來還沒解決啊。

使我們進退兩難的最大原因。

我完全想起來了。

追根究柢，這次的問題出在地方領主的長女赫瑪・馮・波瑟魯身上，法斯特委託我向她追討龐大的賠償金當成戰費。

連自己的屁股都擦不乾淨的領主騎士令我討厭到想吐——法斯特是這麼說的。

這就是法斯特的理由吧。

「好吧，屆時會審問赫瑪的人不會是妳。母親大人，莉澤洛特女王會以國王的身分審問她。不過妳是相關人士，同時也受到其害。因此如果你對裁決有所不滿，可以表達意見。妳有這個資格。」

「我的……意見。」

「對於她犯下的罪刑審判，將在女王大廳進行，法袍貴族、諸侯，以及她們的代理人會齊聚一堂。大家當然都很忙，應該沒辦法全員到齊吧。妳和顧問法斯特一起出席。」

「我明白了。」

說完最後這些話的姊姊大人轉身背對我，沿著走廊離開。

我應該感到氣憤嗎？

如果沒有發生那種事，我就會完成單純的討伐山賊任務，十之八九能帶著親衛隊所有人平安返回王都。

算了，這只是假設，戰場上無論發生什麼事都很難說。

總覺得生氣不起來。

對於那個應該憎恨的卡羅琳也不例外。

所有一切已經塵埃落定。

這是我現在的心境。

不過事情尚未結束。

這樣無法結束。

「抱歉了，法斯特。雖然你一定想回去領地，但是再幫我這個忙吧。」

如今的法斯特一定待在王室分配的別墅裡，不滿地抱怨：「我何時才能領到這次的報酬，何時才能回到領地啊？」我在心中對他致歉。

第19話 赫瑪・馮・波瑟魯的辯解

女王大廳。

莉澤洛特女王坐在王座上，法袍貴族與諸侯及其代理人站在兩側，彼此面對面。

眾人正在討論赫瑪・馮・波瑟魯的是非。

赫瑪是在領民超過千人的城鎮裡，從繼承權爭奪戰脫穎而出的地方領主。

這次的聚會同時也是為了審判她讓卡羅琳逃走的怠慢之罪。

就法斯特的角度來看，法袍貴族與諸侯們類似檢察官與律師。

兩邊以各自的立場參與本次集會。

法袍貴族意圖趁此機會沒收引發問題的波瑟魯家領土。

並且收歸直轄領。

這就是她們的算計。

所以法袍貴族們就如同檢察官。

她們的發言簡單整理成一句話的話。

「應當沒收波瑟魯家的領土！」

至於諸侯們的意見恰好相反。

儘管彼此是主從關係、儘管女王是君主，莉澤洛特女王竟要消滅地方領主。

雖然過去並非不曾發生，但是諸侯們想儘量避免增加前例。

站在她們的立場思考，一定要阻止這種事態。

於是諸侯們就是赫瑪的辯護律師。

她們的發言簡單整理成一句話。

「支付賠償金給波利多羅卿與王室。應當就此妥協。」

雙方都明白對方的立場，依然互不相讓地在女王大廳對峙。

莉澤洛特女王當然對她們的想法瞭若指掌。

「雙方肅靜。一切等待聽過赫瑪．馮．波瑟魯辯解之後再作裁決。」

莉澤洛特女王陛下以充滿威嚴的聲音喝止雙方的爭執。

她的右邊是第一王女安娜塔西亞，以及顧問亞斯提。

左邊則是第二王女瓦莉耶爾，以及顧問法斯特。

如此一來，相關人等全體到齊。

接下來只待赫瑪．馮．波瑟魯登場。

她會怎麼辯解呢？

她會如何反駁，防止自家領土受害呢？

真教人期待。

法斯特懷著幾分看好戲的心情，等候審判開始。

追根究柢，法斯特覺得本次戰事充滿讓人看不順眼的事。

地方領主赫瑪沒逮到卡羅琳，使得卡羅琳擴大初次上陣的規模。

雖然從結果來看是無可奈何，薩比妮那彷彿將藍血的義務拋諸腦後的演說。

失去十名志願民兵，以及一名親衛隊的交戰結果。

更重要的是卡羅琳臨死前的遺言。

瑪蒂娜這個名字究竟屬於何人，法斯特提前問了亞斯提公爵。

她說那是卡羅琳的獨生女。

法斯特深感不快。

果然不該多問。

現在想必已經被吊死了吧。

年幼無知的小孩子被殺。

即便是流著藍血的小孩子，法斯特前世的價值觀終究無法接受。

話雖如此，既然人都死了，也沒辦法做些什麼。

法斯特．馮．波利多羅只不過是邊境領主，對此莫可奈何。

至於法斯特的想法。

赫瑪．馮．波瑟魯果然應該受到制裁。

在諸侯的辯護下，或許不至於沒收領土，但是會支付龐大的賠償金給我和王室吧。

這是法斯特的結論。

「法斯特，你在笑什麼？」

「我期待接下來對波瑟魯卿提出的賠償金額以及報酬。您會瞧不起我嗎？」

「不會，法斯特有這個權利。」

這個反應真教人意外。

瓦莉耶爾大人乾脆地認同我的想法。

看來她似乎有所成長。

經過初次上陣，讓她抓住了某些契機吧。

正當我如此思索時，當事人終於來到審判現場。

「赫瑪・馮・波瑟魯，走上前來。」

赫瑪・馮・波瑟魯。

她在與卡羅琳的繼承權之爭當中獲勝，然而一見到她的身影——

該怎麼說，第一印象就是體弱多病。

完全體現這四個字。

首先，她拄著拐杖。

右腳受了重傷。

大概是因為遭受卡羅琳的攻擊吧。

然而就算撇開這一點，赫瑪的外表也是弱不禁風。

臉色蒼白，手腳細瘦有如枯木。

簡直就像母親瑪麗安娜死前的模樣。

這樣的人當然不可能長命。

她的容貌體現了這一點。

莉澤洛特女王目睹她的模樣也不禁愕然。

「赫瑪啊。爭奪繼承權時，卡羅琳造成的傷勢還沒痊癒嗎？」

「……不，陛下。我的身體與樣貌本來就是如此。失禮了。」

身形孱弱的赫瑪如此回答。

……真虧妳能逃離卡羅琳的攻擊啊。

莉澤洛特女王說出與我同樣的疑問。

「妳是如何擺脫卡羅琳的攻擊？報告當中……」

「我當時應該死的。」

這是赫瑪的回答。

這個回答也讓莉澤洛特女王陛下感到驚訝。

「什麼？」

「像我這種人，應該在當時就讓吾妹卡羅琳殺死才對。因為我貪生怕死，躲進宅邸裡的避難所，一邊擔心害怕一邊等待家臣們擊退吾妹……」

赫瑪雖然弱不禁風，但是她的話語與眼眸都帶著熱度。

「像我這種人，當時乖乖被卡羅琳殺死才是最佳的結果。」

「等等，赫瑪。我還不曉得妳的領地究竟發生什麼事。其他眾人也是。」
赫瑪似乎還想說下去，但是莉澤洛特女王打斷她的發言。
法袍貴族與貴族及其代理人，兩個陣營紛紛交頭接耳。
「我想知道更詳細的細節。波瑟魯領發生什麼事？不得知這一點便無法判斷。」
「……那麼請容我細數恥辱。我們領地，以及我的恥辱。」
回應這句話的赫瑪開始解釋。
「到頭來，體弱多病的我生為家中長女就是波瑟魯領最大的不幸。」
赫瑪彷彿一面回憶過去一面說下去：
「相對的，次女卡羅琳身體健康。代替我受到領民敬愛，時常與領民交流並治理領地，而且從十六歲算起的這十年代替身體虛弱的我，與從士們一同執行了十年的軍務。」
卡羅琳麾下的領民忠心程度堪稱異常。
那些人直到全軍覆沒都沒有人逃走。
為了讓卡羅琳逃亡到維廉多夫，彷彿只要實現這點就心滿意足，賭上性命戰鬥。
我不由得回憶起戰場的情景。
於是我能理解了。
十年來的關係。
當時感覺卡羅琳似乎也是一介人物並非錯覺。
「恐怕母親大人也打算把繼承權交給卡羅琳吧。因為我無論在統治或是軍務都派不上用

場。然而母親大人在世時，並未親口表明這樣的決定。」
「這是為何？」
莉澤洛特女王問道。
我也這麼想。
究竟為什麼？
「如今已經無法得知。因為母親大人是腦溢血猝死的。究竟是可憐體弱多病的我，或者是卡羅琳有某些我不知情的問題。回想起來，母親大人不讓家臣陪同卡羅琳執行軍務，而是指派他們在從軍期間治理領地，也讓我覺得很費解。我實在無法推測母親大人的想法。如果在生前決定由卡羅琳擔任繼承人……也不會演變至此。」
她的回答只能說是空洞無物。
一切都無從得知。
「我打從出生以來，一直認為理所當然會由卡羅琳繼承領主之位。如同我再三說的，我無法治理領地，也無法執行軍務。但是卡羅琳似乎不是這麼想。她似乎認為自己終究只是替補。事到如今雖然教人扼腕，但她似乎是這麼想的。」
「家族之間沒有事先商量嗎？」
莉澤洛特女王再度提問。
「妹妹卡羅琳認為我將治理與軍務全部推給身為替補的她，因此非常厭惡我這個孱弱的姊姊。」

赫瑪悲傷地低語。

身為獨生子的我不懂這方面的問題。

只是覺得原來還有這種事啊。

反倒是法袍貴族與諸侯當中，有幾個人露出苦澀的表情。

也許有讓他們感同身受的地方吧。

身旁的瓦莉耶爾大人也露出類似的表情。

……爭奪繼承權導致家中失和，是任何貴族都免不了的事嗎？

「總而言之，現在回想起來，卡羅琳也許對將來十分悲觀。與亡夫之間的獨生女瑪蒂娜的將來，只對卡羅琳效忠的從士與領民會受到何種對待……在領民超過一千的波瑟魯領，她們雖然是精銳，終究還是少數派。她甚至可能疑心生暗鬼，認為她們會在母親大人死後被當成眼中釘，遭到清算。當然這也只是我的推測。」

「……」

莉澤洛特女王陛下默默傾聽。

只是靜靜等候赫瑪的獨白結束。

「最後隨著母親大人過世，卡羅琳再也無法忍耐。吾妹卡羅琳率領與她一同從軍、吃同一鍋飯、生死與共的從士與領民進攻領主宅邸。」

「結果呢？」

雖然結果擺在眼前，莉澤洛特女王陛下還是繼續追問。

「結果如同我剛才所述。我原本應該認命受死，卻因為貪生怕死逃進安全的宅邸裡，最後由數量占優勢的騎士家臣率領士兵勉強逼退卡羅琳的部隊。」

赫瑪滿心遺憾地唸唸有詞：

「然而家臣們的行為絕非出此忠義。那並非忠義。只是執著於地位應由長女繼承的慣例，打算讓我赫瑪當作家臣的魁儡，滿足她們恣意支配波瑟魯領的欲望。」

「……」

莉澤洛特女王陛下似乎也不禁啞口無言。

世上真有如此愚昧的事嗎？

她的表情像在這麼述說。

這麼一來難道還有未來可言嗎？

據報波瑟魯領有超過百人失去性命。

包含過去執行軍務的精銳從士與領民。

失去了這些人，日後打算如何應對軍事？

既然有本事逼退卡羅琳，那些家臣日後也有可能從軍吧。

儘管如此，還是要從幾乎沒有軍務經驗者的狀態重新開始，更重要的是失去七十名人力資源。

在卡羅琳起兵叛亂的同時，坦白說已經無計可施。

難道波瑟魯領還有明亮的將來嗎？

莉澤洛特女王陛下浮現這般表情。

赫瑪似乎敏銳察覺到女王陛下的想法。

儘管身體孱弱，似乎並不愚昧。

「那樣下去沒有未來。儘管如此，我認為人在遭遇緊急狀況時，本來就只看得到眼前的事物。」

赫瑪如此說道。

這是實際上發生在波瑟魯領的事吧。

她繼續說道：

「卡羅琳被逐出波瑟魯領。當時從士與領民從領主宅邸奪走值錢的財寶，搶走兩輛馬車，過去與她一同執行軍務的從士與領民共七十人逃離波瑟魯領。」

「之後吸收了三十名山賊嗎？」

「根據我所聽說的，正如莉澤洛特女王陛下所言——咳咳！」

赫瑪猛烈咳嗽。

不斷響起的咳嗽聲聽起來似乎非常痛苦。就算她咳出血痰我也不會感到驚訝。

事實上，母親瑪麗安娜病容與她相似，咳嗽時確實也咳出了帶血的痰。

「失禮了。」

「用不著介意，繼續說下去。慢慢說就好。」

「我明白了。」

赫瑪繼續說道：

「卡羅琳吸收山賊之後，做出了無法為她辯解的行為。為了攏絡敵國維廉多夫，竟敢襲擊王室的直轄領，擄走男人與少年。」

「……之後的事我已經從法斯特・馮・波利多羅的報告書得知。她在掠奪之後打算直接出奔維廉多夫是吧？」

「是的。失去一切——至少吾妹卡羅琳是這麼認為。最後的去路恐怕除了投靠敵國之外，已經別無選擇。」

這下子就能解釋整個來龍去脈。

「那麼為什麼沒有出兵追擊卡羅琳？」

「家臣們拒絕賭上性命派兵離開領地。一旦離開領地，就是軍務經驗豐富的卡羅琳擅長的戰場。大概是認為自己的性命受到威脅吧。因此我赫瑪頂多只能派出使者，警告直轄領的村民逃走。」

「妳愚昧的家臣真讓人啞口無言啊。」

就從結論說起吧。

簡單來說，妳早點去死就沒事了，赫瑪。

冷漠的思緒掠過腦中。

妳自己也承認這一點。

但是再怎麼樣我也說不出口——

「赫瑪啊。」

莉澤洛特女王陛下對著說出一切的赫瑪開口：

「妳為什麼不去死？」

直截了當。

就連法斯特覺得不該說的話，莉澤洛特女王陛下也能輕易說出口。

如果卡羅琳獲勝，至少直轄領不會遭受攻擊。

十年來為了軍務、為了國家貢獻的卡羅琳也不會死。

既然赫瑪被殺，家臣們也會服從卡羅琳吧。

女王根本不把赫瑪的性命當一回事。

該死的時候就去死！

這不就是藍血的生存方式嗎？

這就是莉澤洛特女王陛下做出的結論。

不過赫瑪的回答同樣也是如此。

「……我一開始便已表明，這是我的恥辱。這就是一切經過。現在回想起來，我當初就該死了。」

由於事出突然，忍不住做出貪生怕死的行為。

這一點確實無可厚非。

我差一點咋舌，但是連忙忍住。

這種行為在女王大廳未免有失禮數。

對於誠實告知一切的赫瑪同樣失禮。

「莉澤洛特女王陛下，我有一事相求。」

「什麼請求？」

莉澤洛特女王陛下開始散發不愉快的態度。

察覺君主的怒氣，無論是法袍貴族與諸侯都沒辦法多說什麼。

在這樣的氛圍中。

赫瑪以幾乎要嘔血的聲音吶喊：

「在此懇請陛下，承認吾妹卡羅琳的孤女瑪蒂娜繼承領主地位。波瑟魯家除此之外已經別無生路！」

聲嘶力竭的懇求內容令人驚愕。

卡羅琳的獨生女瑪蒂娜還活著嗎？

為什麼？

不是應該早就吊死了嗎？

如此費解的氛圍充斥在女王大廳的同時，赫瑪再度吶喊。

毫不理會交頭接耳的法袍貴族與諸侯。

「懇請女王陛下高抬貴手——饒了瑪蒂娜一命！承認她的繼承權！我們的領地，波瑟魯領除此之外已經別無生路！」

繼承權之爭的敗者卡羅琳既是賣國賊也是叛徒，卻要她的孤女瑪蒂娜繼承波瑟魯家的領地。她喊出自相矛盾的意見。

波瑟魯領繼承權爭奪戰的勝利者——不對，是不應該活下來的赫瑪用幾乎要吐血的表情不停吶喊。

第20話 窮鳥入懷仁人所憫

莉澤洛特刻意向四周散發怒氣。

藉此讓法袍貴族、諸侯及其代理人默不作聲。

但是她的頭腦依舊冷靜。

她的思考得出的結論是——沒收領地。

對方是地方領主，波瑟魯領的土地終究屬於波瑟魯家。

不過這種事並不重要。

一連串的失誤，導致吾女瓦莉耶爾差點喪命。

雖然以此為契機，瓦莉耶爾似乎在初次上陣時展現出乎意料的成長。

不過這與現在無關。

現在與我女兒的事無關。

在這場審判中，我是統治安哈特王國的莉澤洛特女王。

就連受害的女兒也只是算計的要素之一，現在該思考的是王室該如何沒收波瑟魯的領地，收歸直轄領。

問題在於如何實現這個結論。

不過就當下狀況來看，要達成這個目標易如反掌。

太愚昧了。

因此波瑟魯領必須沒收。

這就是莉澤洛特女王做出的結論。

「不准。」

於是她開口說道：

「卡羅琳犯下滔天大罪，子女亦同罪。妳尚未吊死那個孩子夠讓我吃驚了。妳說那個孩子叫瑪蒂娜嗎？還要讓她成為波瑟魯領下屆領主繼承人？胡說八道也要有點分寸。」

「正如陛下所見，我體弱多病。雖然在領地裡沒有公開，但是我已有丈夫，然而在身體還算健康時生下的孩子已是死胎。受病魔侵襲至此的身體已經沒有指望再度懷孕。」

赫瑪還在自說自話。

只要妳早點在領地放出風聲，就不會演變成這樣了。

未來是由卡羅琳之女瑪蒂娜繼承領主地位。

只要知道這件事，卡羅琳想必也不會發動叛亂。

「事到如今，瑪蒂娜已是波瑟魯家一族僅存的繼承人。」

已經用不著擔心這些事。

妳的擔憂毫無意義。

波瑟魯家到此為止。

心中冷漠的部分如此思考。

「從結論說起吧。我決定將波瑟魯領……」

諸侯與及代理人想必會反對吧，但是這個狀況很容易壓制。

早點結束這一切吧。

「還請稍等，莉澤洛特女王陛下，在做出決定之前，希望您再多接見一個人。」

站在右邊的亞斯提公爵的聲音響起。

她的表情雖然認真，但在這時只是多餘的麻煩。

「是誰？」

「我已將卡羅琳之女瑪蒂娜帶到王都。懇請您先見她一面。」

事到如今又能如何？

掀起叛亂企圖出奔的藍血之女，下場只有上絞刑台。

事到如今見了又如何？

不過亞斯提的建議有其分量。

就算見她一面也無妨吧。

「好吧，喚她過來。費時嗎？」

「她已經在準備室等候。不用多少時間。」

如此低語的亞斯提對衛兵下令，前去將她口中在準備室等候的瑪蒂娜帶過來。

就讓我瞧瞧是個怎麼樣的孩子吧。

我想到這裡，依照亞斯提的個性推測——

「……」

手戴木枷，年約八、九歲的少女被衛兵帶進女王大廳。

她的眼睛讓我感受到不像幼童該有的睿智。

原來如此，這也難怪那個眼中只有才華的亞斯提會特別關照。

她的意思是至少留下這個孩子的性命吧。

「……」

話說回來，這個孩子為何不說話？

她不為自己求饒嗎？我先是感到費解，這時突然察覺。

「瑪蒂娜，說吧。准許妳發言。」

「非常感謝您，莉澤洛特女王陛下。」

雙手銬住的瑪蒂娜跪下行禮，對著我開口。

她是在等候發言的許可嗎？

看來真的是個聰穎的孩子。

「莉澤洛特女王，我雖然身為罪人，請允許我開口向您請求一件事。」

「妳說吧。」

如果是這個孩子，饒她一命倒也無妨。

不過還是得把她打回平民，消滅她的反抗心，只給予最起碼的生活援助。

算不上什麼麻煩事。

然而瑪蒂娜的要求讓人吃驚。

「我希望我的死刑由法斯特．馮．波利多羅卿為我斬首。」

「……什麼？」

我不由得脫下身為女王的面具，未經思索便脫口而出。

「吾母的罪行無從狡辯。她不僅背叛王室，甚至企圖投靠敵國。既然如此，我的死刑想必也是理所當然吧。然而即便是罪人，終究還是母親。我希望至少能得到與母親同樣的死法。希望至少能保留藍血尊嚴的死。雖然絞刑是恥辱，但是如果死於那位憤怒騎士法斯特．馮．波利多羅卿的劍下，與母親走上同樣的命運便不算恥辱。」

雖然乞求斬首的言行可能已經是恥辱了。

可能還不滿九歲的馬蒂娜如此呢喃。

聰明的女孩。

真是聰穎過人。

教人捨不得殺她。

亞斯提這傢伙。

對於才華愛不釋手的壞習慣。

「如果死於同樣的方法，也許能在黃泉路上與母親重逢。懇請您大發慈悲。」

亞斯提大概希望我留下這個孩子的性命，保住她的貴族地位吧。

但是我可不會讓妳稱心如意。

這個孩子聰明過頭了。

她有可能東山再起，背叛王室。

事先排除任何風險是我的一貫做法。

「衛兵。允許波利多羅卿佩劍。立刻將卿寄放的劍拿過來。」

可別小看我啊，亞斯提。

我就保住這個孩子身為藍血的名譽吧。

但是還是要殺了她。

對她而言這才是幸福。

這是莉澤洛特的想法。

這是個莫大的判斷錯誤。

莉澤洛特雖然執著於法斯特的身形與姿態，但是對於他的個性了解並不深。

只是從英傑頌歌與戰果報告見識到憤怒騎士在戰場上有多麼英勇果敢。

但是亞斯提與他一起參加維廉多夫戰役，同時監視他在王都別墅的生活，對於他的本性瞭若指掌。

彼此的差距便展現在這場審判。

別鬧了。

※

「波利多羅卿，此處雖是女王大廳，特別允許你佩劍。」

真的別開玩笑了。

我靜靜地勃然大怒。

要我用這雙手砍下不到九歲的小女孩的頭。

如果劊子手是別人，那還無所謂。

法斯特．馮．波利多羅還能安於當個旁觀者。

說穿了，法斯特絕非平庸凡人。

千錘百鍊的壯碩軀體，亡母灌輸的騎士教育。

雖然被安哈特王國的女性當成醜男，仍然心懷藍血的尊嚴。

法斯特應該就是這樣的人物。

但是在出生時參雜了些許的雜念。

無論如何都無法屏除的雜念。

如果我只是單純的旁觀者，也許還能夠忍受。

認為反正與自己無關，靜觀她的死。

就藍血而言，她是罪人之子。見到年幼少女面臨死亡，我會發自內心感到哀憫，並且提議至少好好安葬她的屍身。

也許只有這種程度的感想。

但是一旦成為當事人，那麼完全就是兩回事。

沸騰的血液直奔腦門。

開什麼玩笑啊，莉澤洛特女王。

「我堅決拒絕。難道您要我法斯特・馮・波利多羅砍下這名純真孩童的頭顱嗎！這是在侮辱我嗎？」

我激憤不已。

憤怒的模樣甚至讓衛兵嚇得差點失手把劍掉在絨毯上。

我的臉龐就如同憤怒騎士這個名號一般面紅耳赤。

在場所有人。

莉澤洛特女王陛下、法袍貴族、諸侯與及代理人。

安娜塔西亞、瓦莉耶爾、赫瑪、瑪蒂娜。

所有人臉上都浮現驚訝的表情。

唯獨亞斯提公爵擺出格格不入的表情吹起口哨。

開什麼玩笑啊，亞斯提公爵。

憑妳對我的認識，應該知道我會有多生氣吧。

「莉澤洛特女王陛下，我堅決拒絕。不，現在光是這樣我也無法忍受！即使不是我，也絕不允許任何人殺死那個孩子！」

我說出不講道理的要求。

在亡母的騎士教育下塑造成型的藍血人格，以及繼承於前世的道德價值觀，兩者維持奇妙的均衡。

忍耐的分水嶺構築在瀕臨極限的界線，現在已經完全崩潰。

對於這個世界的貴族而言，我已經成了莫名其妙又冥頑不靈的憤怒騎士。

「波利多羅卿！冷靜下來！」

一位諸侯如此叫道。

「這是要我如何冷靜！為什麼沒有人願意幫幫這個孩子！為何純真的孩子快要被斬首了，所有人竟然置身事外，沒有人打算阻止！」

這樣實在不合理。

即使我自己也能理解，況且剛才也一度不管她的死活。

不同於內心某處那個態度冷漠的旁觀者，我說出不講道理的話語。

那已經並非理性，而是全然出自感情的言詞。

「那個孩子——瑪蒂娜本人難道犯了什麼罪嗎？不就是個把母親的罪誤以為是自己的罪，想為此贖罪的可憐少女嗎？我身為藍血的尊嚴絕不允許這種事！」

沒錯，這是尊嚴。

藍血教育與日漸淡薄的前世道德觀念混合在一起，化為扭曲的尊嚴。

任憑這個尊嚴繼續被汙辱，那就等同於動搖法斯特・馮・波利多羅這個存在。

我邁開步伐。

衛兵抱著祖先留下來的魔法巨劍。

還有在身旁的瓦莉耶爾。

我不理會她們，兀自向前走近戴著手枷的瑪蒂娜。

我用超乎常人的力氣硬是扯壞她的手枷。

「法斯特！」

這時從驚愕當中恢復理智的瓦莉耶爾大人大聲叫喊。

瓦莉耶爾大人，請原諒我。

我已經沒辦法繼續旁觀。

我在心中如此謝罪。

我現在究竟想做什麼。

其實我自己也不曉得。

雖然不曉得——

我順從自己的感情，以親身舉動展現這個奇異的藍血尊嚴。

我單膝下跪，行禮如儀對著莉澤洛特女王陛下提出諫言：

「莉澤洛特女王陛下。」

「……怎麼了，法斯特？難道你對我的決定有異議嗎？」

「就如同我剛才所說的，懇請您饒瑪蒂娜一命。」

莉澤洛特女王愣住了。

我不知道如今的她在想什麼。

但是我要做的事，以及已經犯下的錯誤終究不會改變。

「法斯特啊。不，法斯特．馮．波利多羅。你真的明白你在做什麼嗎？你可是違反女王命令。你不願親手行刑這點可以容忍。但是我對於那個孩子的罪行裁決，以及我以女王身分做出的決定這兩點都因為你的舉動而蒙羞。」

「即便是君主，只要事關我的尊嚴，我就會堅持拒絕到底。」

我平靜地如此回答。

陛下喃喃說道：

「你覺得這個孩子未來還有幸福可言嗎？她可是領地的叛徒、賣國賊的女兒。別說是身為藍血，也許就連捨棄那個義務成為平民都無法期待幸福。今後肯定會活在輕蔑的眼光當中。在這個當下賜予她榮譽的死，也許才是這個孩子的幸福喔？」

「我也認為身為藍血在應當一死時沒能死成，堪稱一生之恥。然而我同時也認為，唯有活著才有將來的可能性……這樣的回答不夠充分嗎？」

我自己也覺得這些話狗屁不通。

難道憑著這種說法就能說服莉澤洛特女王嗎？

當然不可能！

即使是愚昧的我也能理解這種事！

「那個孩子，瑪蒂娜將來也許會恨你。為何你當初不願意讓她光榮赴死——也許她會如此口吐怨言向你尋仇。你打算怎麼辦？」

「我不曉得。究竟是該斬殺瑪蒂娜，還是心甘情願任她報復。就連這點都不曉得。」

我的回答很模糊。

坦白說出我不知道。

「況且，假使——我是說假使瑪蒂娜繼承了波瑟魯領，那又怎麼樣？卡羅琳造成百名以上的死者，對於她的女兒的怨恨不會消失。你覺得她有辦法正常治理領地嗎？這個方面你是怎麼想的？」

「……」

我已經無法回答。

在這類治理的判斷上，區區邊境領主的話語毫無分量。

不，如果只是隨口搪塞，要怎麼回答都可以。

但是那種做法並不誠實，而且事關藍血的尊嚴。

這便是我的想法。

莉澤洛特女王陛下的話語一直以來都很正確。

我自己也明白。

我清楚明白這些道理，依然做出如此舉動。

然而我已經沒有辦法控制自己。

如果只是旁觀者還無所謂。

然而走投無路的雛鳥飛入懷中，現在的我已經無法捨棄瑪蒂娜。

「法斯特・馮・波利多羅。你的尊嚴是如此崇高，到了耀眼的地步。然而你要知道，光憑尊嚴無法治理世人。」

這是莉澤洛特女王的結論。

啊啊，我的話語起不了作用啊。

明知如此。

就算這樣，我還是——

「莉澤洛特女王。」

我甚至不再彎腰，雙腿整齊併攏彎曲，額頭貼著地面。

壓低上半身五體投地。

在這個法袍貴族、諸侯，及其代理人齊聚一堂的大廳。

根據前世的經驗，這叫下跪求情。

安哈特王國最強騎士，擺出這副讓人人瞧不起的乞丐模樣。

除此之外，我已經想不到其他辦法。

叩。

額頭撞擊地面的聲響傳到現場每個人的耳中。

「法斯特，住手。做這種事也不會有任何改變。」

莉澤洛特女王不由得從王座起身，要我打消這個念頭。

「你是我國最強的騎士。你把自己的名譽當成什麼了？對你而言，為了罪犯的女兒求情沒有任何意義。沒有任何好處。你打算背離列祖列宗辛苦建立起來，王室對於波利多羅家的信賴嗎？」

我沒有回答。

叩。

只有額頭撞擊石地板的聲音再度響起。

我已經無話可說。

不是因為我認為應該這麼做。

而是因為我無法對莉澤洛特女王的話語提出任何合理的反駁。

所以我只能不停磕頭。

甚至磨破額頭的皮膚。

額頭流出的血稍微滲進石地板的隙縫。

「我不打算改變曾經做出的決定。你要明白，波利多羅卿。」

儘管我下跪求情、儘管我磕頭、儘管磕頭到頭破血流。

決定也不會改變。

我的尊嚴還不至於左右莉澤洛特女王陛下的判斷。

要扭轉她以女王身分做出的決定，光是磕頭無法實現。

既然如此，無論如何——

我的本性就是無論如何都要貫徹到底。

「陛下，請聽我一言。」

「沒用的。別再說了。沒什麼好說的。還不快點把頭抬起來！」

女王陛下以不悅的態度挪開視線，澈底拒絕我。

我不理會這一切，垂著頭兀自開口：

「對於我在維廉多夫戰役立下的功績，安娜塔西亞殿下寄來褒獎的親筆信，以及與信件同時送來的一張羊皮紙，我隨時帶在身上。」

只剩下這個手段。

我隨身攜帶顛覆現狀的手段，出自本性的孩子氣要求得以實現的唯一手段。

「對於騎士法斯特．馮．波利多羅賭上性命決鬥而立下的功勞，以君主褒獎這個功勞的名義，陛下賜予我僅限一次的慈悲。」

身為服侍君主的騎士，恬不知恥也能得到原諒的手段。

即便是踐踏君主顏面的無禮之舉，也能僅此一次得到原諒的手段。

那就是對於我在維廉多夫戰役立下的戰功，莉澤洛特女王賜給我的褒狀。

我有這張褒狀。

雖然我生為封建領主，唯獨這張紙是我自己贏來的獎勵，我為了自己的尊嚴加以使用也不過分。

「陛下賞賜給我的慈悲，我在此奉還——」

我將手伸到胸前，打算取出那張羊皮紙——

「住手！」

女王陛下的聲音響徹大廳，制止我的動作。

語氣當中充滿驚愕，那個聲音像是在指責我的愚昧。

「——好吧！夠了！我已經十分明白你的尊嚴！所以你現在馬上站起來，法斯特！你要有所自覺，你身為騎士背負領地所有人的名譽！」

莉澤洛特女王收回前言。

取消了瑪蒂娜的斬首。

我維持雙膝跪地的動作，聽從指示而抬頭，默默迎接莉澤洛特女王陛下的視線。

「法斯特啊，你這個人真是……究竟為了什麼——」

莉澤洛特女王的話沒有說完。

我也了解女王究竟想說什麼。

我也知道就算撤回裁決，所有的問題也不會就此解決。

也許莉澤洛特女王的理由完全正確。

不，從常識來看，不管看在任何人眼中，莉澤洛特女王都是對的。

但是，如此一來至少成功保住瑪蒂娜的性命。

我自己的尊嚴也能就此得到滿足。

確實是靠著死纏爛打，無論誰也不會理解。

這種的榮耀與英傑頌歌的英勇大相逕庭——我自己比誰都要清楚。

感覺來自額頭的血已經流到嘴唇上方。

第21話 法斯特的自戒

正面思考吧。

如此一來，法斯特．馮．波利多羅便欠王室一個人情。

法斯特的個性重情重義，這筆人情債總會派上用場。

若是當作為他掛上一個項圈，那麼放任一個聰明的小丫頭活下來也不算損失。

這樣除了保護契約的軍務、第二王女顧問的立場之外，也有理由要求法斯特效命。

莉澤洛特女王決定正面思考。

若非如此，實在難以忍受。

為何我要扛起這種職責——難道你以為我莉澤洛特喜歡殺小孩嗎？

我是身為女王才不得不這麼做。

撇開這些不談。

「賜予你的那張褒狀，不是為了讓你用在這種無謂之事。」

我低聲開口。

太愚蠢了。

賭上性命與敵將進行不知鹿死誰手的一對一決鬥。

奔馳在有如地獄的戰場上，得到君主僅限一次的慈悲。

代表那個慈悲的褒狀當然不能讓他為了拯救素昧平生的女童性命，就這麼輕易用掉。

「這個報酬可是為了獎勵你真正賭上性命得到的榮譽。如果讓你在這個場合隨隨便便使用，反倒是我的器量會受人懷疑。」

像是要說服自己一般低聲嘀咕。

為獎勵法斯特的功績而賞賜的褒狀，與一名幼童的性命當然不相襯。

如果以實現他的懇求交換那紙褒狀，反倒顯得君主頑冥不靈且心胸狹窄。

如果我莉澤洛特站在第三者的立場，想必會這樣判斷吧。

這個狀況除了允許之外已經別無他法。

面對法斯特的懇求，既然他不惜再三磕頭加以求情，君主也只能展現寬大的慈悲。

話說回來，法斯特大概完全沒有威脅我的打算吧。

可能是因為他不理解褒狀的價值。

「即使波利多羅家的子孫在戰場上背叛，有了那張褒狀便能得到僅限一次的原諒。那個的價值就是如此之高。」

我賞賜了那樣的價值。

正因為維廉多夫戰役的戰功值得這等獎賞，才會給他那張褒狀。

——為什麼會輕易打算用在無關緊要的小事上？

難道真的那麼不願見到幼童的頭顱落地嗎？

不惜拿出自己獲得的所有榮譽也想救她一命嗎？

是因為我無法事先洞悉法斯特的個性深處的尊嚴，因此誤中亞斯提的計策嗎？

不對吧。

絕對不是。

這一切都是亞斯提的錯。

如果想留下她的性命，只要妳自己開口不就得了。

亞斯提若是基於她的權限與公爵的地位，宣言關於瑪蒂娜的所有責任由她一肩扛起，那麼我也會答應。

不要刻意利用法斯特啊！混帳小鬼！

莉澤洛特以個人的身分在心中如此抱怨。

她不再小聲嘀咕，掌握狀況。

剛才因為法斯特的懇求而議論紛紛的女王大廳重回寂靜，只待我做出裁決。

我也不打算拖延太久。

雖然狀況稍微有點變化，就從結論開始說吧。

「赫瑪．馮．波瑟魯，裁決已定。妳做好覺悟聽命吧。」

「是。」

「王室將接收波瑟魯領所有土地，納入直轄領。這個決定不變。」

赫瑪低著頭，拐杖脫手掉落地面。

唯獨這點不能退讓。

「女王陛下，恕我直言，波瑟魯領是我等祖先代代相傳的土地……」

「我說過不會改變。妳以為這個理由在這種狀況還管用嗎？」

我質問赫瑪：

「導致為數破百的從士與領民死亡，善於軍務的家臣全被卡羅琳帶走，與吾女第二王女瓦莉耶爾交戰而全員戰死。剩下的家臣，依照妳的說法全是佞臣。面對這種狀況，只剩一口氣的妳真的能夠正常經營領地嗎？坦白說吧，波瑟魯領的命運到此為止。荒廢的波瑟魯領不知道會冒出何種災禍，無法袖手旁觀。」

「……我即使一死也無所謂。若是您希望，我就當場結束這條性命吧。但是懇請您讓瑪蒂娜繼承領地，望您大發慈悲。」

說穿了，妳的性命一文不值。

和法斯特剛才撞擊地面的額頭相比，沒有任何價值。

我不禁咋舌。

不過——

考慮到勢力均衡。

「我起初想將波瑟魯領收歸直轄，瑪蒂娜則是死刑。波瑟魯家就此斷絕，沒有未來。不過妳要感謝波利多羅卿。他不惜露出那個難堪的模樣為瑪蒂娜求情了，我就好歹保證她的未來吧。」

坦白說，要駁倒諸侯及其代理人的意見也易如反掌。

不過考慮一下均衡吧。

沒必要連地位都沒收。

「至於波瑟魯家，就給妳們世襲官僚貴族的地位。」

這樣的決定算是剛好吧。

不至於抄家滅族。

如此一來諸侯們應該也能勉強接受。

雖然依舊還是會心懷不滿。

「……」

赫瑪沉默低頭。

心裡想必百般不願意吧。

若是要沒收領地，有些騎士領主會寧可戰到最後一兵一卒。

但是現在的波瑟魯領，就連抵抗的軍事力都所剩無幾。

只要稍微掃蕩反抗的家臣就能解決。

如此而已。

「接受了嗎？」

我對著赫瑪發問。

除了答應之外的回答我可不聽喔。

「……我明白了。往後波瑟魯家，以及瑪蒂娜的將來還請您多多關照。」

「可是並非現在就交給瑪蒂娜。繼承波瑟魯家的是妳。」

不過看她這副孱弱的模樣，想必來日無多吧。

之後還剩下兩件事。

「然後是關於本次第二王女初次上陣的功績——波利多羅卿。」

「是。」

法斯特與瓦莉耶爾一同待在我的左邊，現在已經恢復冷靜。我對著他說道：

「我知道你期待波瑟魯領出錢賠償。這個部分就由王室代為支付。要一次領取還是分成十年，接下來你先做個決定吧。分期領的話金額會比較多。」

「莉澤洛特女王……我剛剛才忤逆您的命令——」

「有功就必須行賞。你想害我丟臉嗎？」

沒錯，功勞不能因此抹滅。

不過——

「同時罪過也必須追究。法斯特，你違抗女王的命令。不願親手處刑就算了，為她求情這點毫無疑問是違抗我做出的裁決。」

「……是。」

「因此我必須給你一個懲罰。雖然我也很遺憾。」

好了，該怎麼辦呢？

其實我也不想給他太重的懲罰，讓法斯特欠下的人情債因此打折。

這個嘛。

正好順便解決眼前的麻煩事吧。

「讓瑪蒂娜當你的騎士學徒。在瑪蒂娜繼承家主地位之前，將她培養成對王室效忠的騎士。」

「咦？」

法斯特一副愣住的表情。

你這是什麼表情？

這不是理所當然的嗎？

「莉澤洛特女王陛下，恕我直言，我是斬殺卡羅琳的男人。對於瑪蒂娜來說是不共戴天的仇人。請您考慮交給亞斯提公爵栽培。」

法斯特的眼神飄向站在我右邊的亞斯提。

妳該不會是為了救瑪蒂娜一命，因此利用了我吧？

事到如今才對亞斯提投以有所察覺的眼神。

正是如此，法斯特。

如果你沒有那麼愚昧，想必不會憎恨我，也會察覺實際上是誰的問題。

真正的壞人是亞斯提喔。

你可以瞪得更用力一點。

莉澤洛特在心中以個人的身分如此聲援。

嗯，這點就算了。

等著看亞斯提今後要怎麼討好法斯特吧。

肯定會很辛苦吧。

「那麼直接問瑪蒂娜吧。瑪蒂娜，老實說，妳是個麻煩的燙手山芋。」

「我明白。」

瑪蒂娜的回答十分冷靜。

「對於聰明的妳應該不需要多說，畢竟我剛才已經對法斯特全部說完了。妳是領地的叛徒、賣國賊的女兒。今後想必會活在眾人的唾棄之中。願意接受妳成為騎士學徒的，頂多只有帶妳到這裡的亞斯提公爵，或是為妳求情的波利多羅卿吧。」

「想必如此。」

瑪蒂娜以冷靜的態度回答。

用不著妳說我也知道——也不是這種表情。

完全的面無表情。

銀髮碧眼的她，就連開口懇求斬首時都是面無表情。

這樣的九歲女孩，擺出一副彷彿早已拋棄人生的表情。

無法推測她的想法，讓人覺得有些詭異。

法斯特居然會對這種莫名其妙的小孩起了想救她一命的念頭啊。

「那麼就直接詢問瑪蒂娜本人吧。妳想成為誰的騎士學徒？」

「波利多羅卿，我希望能拜託法斯特・馮・波利多羅卿。如果不嫌麻煩的話。」

……這是瑪蒂娜的判斷啊。

好吧，我想也是。

雖然法斯特看起來似乎無法理解就是了。

「瑪蒂娜，不，瑪蒂娜小姐。我家只有我一個男人。更何況我畢生從未經歷過男性的家庭教育，而是一心專注於騎士訓練。恐怕沒辦法充分照顧妳……」

「反過來說，騎士學徒本就是為此存在。你身邊的雜事由我來處理。」

瑪蒂娜直視著法斯特的眼睛開口：

「坦白告訴你，我原本打算死在這裡的。甚至可說是我的尊嚴被你玷汙了。」

「……這樣啊。」

「老實說，我不太能理解你的尊嚴。就算救了我的性命，對你也沒有好處。」

法斯特聳了聳肩低聲說道：

「是我多管閒事嗎？」

「我就是這個意思。不過我改變心意了。」

原本面無表情的瑪蒂娜找回一點情緒喃喃說道：

「反正是撿回來的性命，乾脆跟隨撿回這條命的人吧。這是我現在的想法。」

「……這樣啊。」

法斯特看起來似乎有些欣喜。

自己的行為不只是自以為是的多管閒事，獲得對方接受。

這一點大概讓他感到開心吧。

這個男人比想像中更麻煩。

不同於我心中擅自認定的形象，比我的想像還要複雜的男人。

但是我並不討厭。

不過身為女王絕對無法認同，只是單純就我個人的喜好而言。

莉澤洛特如此心想。

然後開口：

「那就這樣決定了。瑪蒂娜交給波利多羅卿管教。各位諸侯和法袍貴族有異議嗎？」

形式上還是必須徵求意見。

嗯，不過回答想必只有一種。

「雖然失去領地，既然地位還保留的話，我們沒有異議。反而應該稱讚您英明的判斷吧。真不愧是莉澤洛特女王。」

一名諸侯搶先出聲稱讚我。

「在下也認為這是合理的妥協點。不愧是莉澤洛特女王。」

一名法袍貴族同樣如此回答。

彼此應該還有話想說，但是也能接受這樣的結果吧。

瑪蒂娜處死，波瑟魯領沒收成為直轄領。

其實這麼做才是對王室最有利。

算了，區區世襲貴族的位子，大方賞給她也無妨。

更重要的是該如何重建波瑟魯領。

直到確實產生利益之前，想必需要花上許多時間吧。

究竟需要多少人才和投資呢。

不過也能將這些工作分配給尚無職位的法袍貴族。

嗯，總之這些都是該交給法袍貴族的工作。

我只負責下令。

這樣就好。

「那麼審判就到此為止。所有人離開女王大廳。赫瑪與瑪蒂娜暫時由亞斯提公爵照料。找個時間在王都尋找新的住處，將瑪蒂娜送到波利多羅卿那邊擔任騎士學徒。」

「遵命。」

不知誰的回應響徹女王大廳。

※

走廊上。

第一王女安娜塔西亞與其顧問亞斯提。

第二王女瓦莉耶爾與其顧問法斯特。

四個人走在一塊。

安娜塔西亞因為亞斯提讓法斯特跪地磕頭，對著亞斯提大發雷霆。

不久之後應該會在兩人獨處的房裡逼問亞斯提吧。

亞斯提則是迴避法斯特的視線。

因為她認為應該暫且保持距離。

瓦莉耶爾則是擔心地望著法斯特。

因為剛才他展現出來的行為，與平常冷靜的法斯特判若兩人。

至於法斯特本人——

「……」

垂頭喪氣地向前走。

失敗了。

失敗了。

失敗了。

我失敗了。

滿心都是這般念頭。

他並不後悔為了拯救瑪蒂娜的性命而求情。

身為藍血的騎士教育，以及前世身為現代人的道德觀結合之後形成的尊嚴，他對此並不感到後悔。

如果當時袖手旁觀，自我認同將會崩潰。

但是。

即便如此。

應該有更好的方法吧，笨蛋。

他咒罵自己。

雖然只是小村莊，自己可是背負三百條性命與名譽的領主騎士。

到底在幹什麼。

自己不該情緒失控，應該冷靜否定瑪蒂娜斬首的必要性，並且為她求情。

絕對不該因為怒上心頭，憑著一時的氣勢做出這種行為。

後悔不斷湧現。

自己絕非世人所說的那種英雄。

絕對稱不上富裕的邊境村莊，領民不到三百的弱小領主騎士。

同時也背負三百人的性命與名譽。

自己的立場絕不被允許隨便暴怒而喪命。

要自我警惕啊！法斯特·馮·波利多羅！

對著自己的內心如此吶喊。

但是——同時法斯特也這麼思考。

「嗯，其實……」

並沒有失去什麼。

有著這個輕鬆的想法。

也能順利拿到預定的賠償金。

如此一來不算富裕的領民餐桌上，未來將能多一道菜吧。

瑪蒂娜擔任騎士學徒雖然有些尷尬，但是我也聽到卡羅琳的遺言。

與我單挑而喪命，遵守她的遺願也沒什麼不好。

這對我來說絕非什麼討厭的事。

話說回來，我法斯特·馮·波利多羅本就沒有什麼東西能夠失去。

那次跪地磕頭並沒有失去任何事物。

本來就不曾有貴族宴會的邀請，無礙日後身為貴族的活動。

身為貴族，情緒失控也許會成為讓人輕視的汙點，畢竟我只是弱小的領主騎士。

影響力低到教人傷心的程度。

一想到這裡，法斯特就覺得自己沒有必要在乎那麼多。

法斯特並不知情。

他從未接到貴族宴會的邀請，是因為亞斯提公爵與安娜塔西亞第一王女為了避免其他女性接近法斯特，因此暗中施壓。

在部分的諸侯與法袍貴族眼中，別說因為他是弱小領主騎士就看不起他，而是把他當成下任女王安娜塔西亞與亞斯提公爵的情夫人選。

這個世上有些事情不知道比較幸福。

依舊一無所知的法斯特稍微挺直背脊，在王城門前與待命的從士長赫爾格會合，就此離開王城。

前往心愛的領民正在等候的王都別墅。

這樣一來終於能夠回到領地波利多羅。

同時心裡想著這件事。

第22話 妳是不折不扣的白癡吧

安娜塔西亞的房間裡。

波瑟魯家的結局已經確定，與法斯特等人告別之後。

「妳想被我宰了嗎？」

「這是誤會。」

在第一王女安娜塔西亞的房裡，亞斯提公爵正遭到質問。

個人的武力是亞斯提占上風。

然而現在不是這個問題。

如今的安娜塔西亞完全進入狂怒模式，亞斯提自認毫無勝算。

我們一族的憤怒，這個血脈進入狂怒模式時的戰鬥力非比尋常。

聽說狂怒模式的安娜塔西亞曾用斧槍一擊斬殺三名維廉多夫的精銳。

而且當時年僅十四歲。

我也發怒的話應該能對抗，但是當下並非那種心境。

「為什麼要讓法斯特做出那種事？妳到底想幹什麼？」

「我原本打算！途中出言相助的！」

亞斯提如此辯解。

原本預定途中出言相助。

在亞斯提的計畫當中是如此。

「我只是沒想到法斯特居然會氣成那樣啊！」

「他可是法斯特喔！是憤怒騎士！難道妳想說無法預料——」

「我就是料不到啊！」

砰！亞斯提一面拍桌一面辯解。

這原本是亞斯提的計謀。

法斯特想必無法砍下九歲幼童的頭顱。

他是個溫柔的男人。

雖然他是個徹頭徹尾的領主貴族，同時也是個溫柔的男人。

如果只是旁觀者，也許身為藍血的他會坐視瑪蒂娜死去吧。

只不過若是走投無路的雛鳥飛進懷裡，就不可能任其喪命。

亞斯提是如此預測的。

她的預測雖然正確——然而……

「我能料到他會求情。但是真沒想到他會氣成那樣！居然不惜用磕頭代替哀求，這種事誰能事先預料！」

「到頭來妳到底有什麼目的？為了救瑪蒂娜一命嗎？」

砰！安娜塔西亞拍桌大喊。

這也是原因之一。

「當然也是為了這個。那個孩子充滿才華，我個人非常想保她一命。想要留在我身邊，考慮把她培養成我的家臣或隨從。不過這點光靠公爵家的權限就能辦到。」

「這是當然吧。以妳的地位只要妳說願意負起全責，母親大人也會同意吧。」

「這點我明白。要這樣做也可以。但是惡魔在心裡煽動我啊！」

她繼續辯解。

亞斯提繼續對安娜塔西亞辯解。

雖然知道絕對不會成真，但是當下氣氛讓她覺得若是不這麼做，那麼真的會被殺。

「惡魔？」

「『啊，好像可以利用這件事提升法斯特對我的好感度吧？』這樣。」

「白癡啊妳？」

安娜塔西亞的怒氣為之消散。

亞斯提並不愚昧。

反倒是在謀略方面展現長才的女人。

然而——

「這個狀況到底要怎麼操弄，才會讓法斯特喜歡上妳。」

「首先最初的靈感是來自於法斯特來問我瑪蒂娜這個名字。至於瑪蒂娜的名字似乎是卡羅琳的遺言，法斯特是這樣告訴我的。我按照事先取得的資料老實回答，那是卡羅琳女兒的名字。」

卡羅琳的遺言。

最後只有說出女兒的名字啊。

「然後呢？」

「接下來我用我的馬車載著瑪蒂娜，因為她的聰慧而吃驚時，那個念頭掠過腦海！」

眼前這人看起來只是一個沉溺於性欲而瘋狂的女人。

安娜塔西亞在心中稍微調降對亞斯提的評價，繼續與她對話。

「瑪蒂娜問我是誰殺了她的母親，我便對她描述法斯特的善良與美麗。說著說著，惡魔的耳語湧上心頭。啊，乾脆誘導瑪蒂娜，讓她親口說出要法斯特為她斬首。」

「就算她再怎麼聰明，誘導九歲小孩的思考對妳來說想必易如反掌吧。如今法斯特大概也察覺了吧。法斯特在政治方面雖然視野狹窄，但絕不是愚蠢的男人。反倒稱得上聰穎。然後呢？後續是什麼？」

「……」

亞斯提抱頭沉吟。

看來「如今法斯特大概也察覺了」這句話成了致命一擊。

對於她的印象想必已經——

「法斯特生氣了嗎？」

「想必正在氣頭上吧。對妳的印象肯定已經差到極點。」

法斯特甚至因此受到懲罰喔。

不，不只是這樣。

莉澤洛特女王讓法斯特欠下人情。

法斯特和母親大人想必都能理解吧。

這個人情不能轉讓給我嗎？

……有困難吧。

「總而言之，送些方便換錢的禮物吧。便於立刻轉手變賣，只要能用這筆錢幫領民加菜，法斯特也會感到開心吧。不，再加上親自造訪別墅直接道歉如何？我得準備個像樣的藉口才行……不，乾脆老實坦承，印象方面會好一點？」

「妳之後怎麼挽回不關我的事。那麼妳原本打算怎麼做，好讓法斯特喜歡上妳？」

實話實說，法斯特對亞斯提的印象就算變差也與安娜塔西亞無關。

無所謂。

安娜塔西亞只想知道亞斯提的計畫。

「瑪蒂娜耍任性，想被法斯特砍頭。法斯特會很傷腦筋。法斯特絕對不幹。」

「是啊，他肯定會傷腦筋。」

不知為何亞斯提只能說出短句子。

「窮鳥入懷。溫柔的法斯特無法袖手旁觀。向女王求情。」

「善良的法斯特想必會這麼做吧。」

安娜塔西亞回應著她的片段話語。

「然而冷酷的莉澤洛特女王絕不會同意，簡直是個惡魔。妳媽真是爛人。」

「雖然我想說妳還比較糟糕，不過算了，妳繼續。」

母親大人現在大概被亞斯提氣得半死吧。

之後得逼這傢伙去道歉才行。

「法斯特無能為力。我以公爵身分提出建言。挽救法斯特的心靈。」

「是啊，要是能夠幫他一把，肯定會很開心。」

然而就在這個瞬間，感覺拙劣的舉動應該會被法斯特看穿。

「我救了瑪蒂娜的性命。法斯特深深感動。法斯特欣喜流淚。」

「是啊，溫柔的法斯特想必會很開心吧。」

這種說話方式究竟要持續到什麼時候？

安娜塔西亞雖然感到有些不耐煩，還是拿出耐心奉陪。

「事後法斯特對我道謝。好感度鐵定暴漲。我的下面濕答答。」

「嗯。到了這裡還能理解。至於妳下面是濕是乾我沒興趣。」

雖然這個預料略嫌一廂情願，但也不是完全不可能。

「法斯特感受到我的溫柔硬邦邦。我的下面濕答答。合體。」

「妳是不折不扣的白癡吧。」

妳是不折不扣的白癡吧。

無論嘴巴說出口的話語還是內心的想法，統統都一樣。

這傢伙是不折不扣的白癡吧。

為什麼這傢伙平常腦袋好到教人厭煩，一扯上法斯特就變得滿腦子性欲？

之前還因為當著法斯特的領民面前揉了法斯特的屁股，結果支付賠償金。

那是因為法斯特生性溫和，才不至於對她產生厭惡。

但是這一次——

「妳搞出這齣鬧劇，鐵定會被法斯特討厭喔。」

「為什麼啊！為什麼這麼不順利！為什麼法斯特會像那樣抓狂？生氣就算了，為什麼不惜磕頭也要為她求情！而且他當時還想要拿出維廉多夫戰役的褒狀吧？」

「這點我也不曉得。我覺得離開戰場的法斯特是個性溫厚的人物……」

在戰場上發生了什麼事嗎？

卡羅琳與法斯特決鬥時在死前留下遺言。

也許她當時苦苦哀求，若是獨生女瑪蒂娜還活著，希望法斯特照顧她。

若非如此，法斯特也沒有理由像那樣不惜丟臉也要求情。不，這個理由還是不夠。

法斯特不惜磕頭也要請女王網開一面的理由，完全出自法斯特的尊嚴。

至於他的基準，旁人無從得知。

「但是啊，當時的法斯特——」

「怎麼樣？」

亞斯提一邊因為後悔而擺動雙腿，一邊以回憶起當時的模樣低語：

「看起來很美吧。我都忍不住吹口哨了。」

「……」

關於這點我同意。安娜塔西亞回想起法斯特當時的身影。

法斯特有如小孩子一般鬧脾氣，拒絕斬下瑪蒂娜的首級。

在女王大廳大放厥詞，甚至連瑪蒂娜的死都無法接受。

對母親大人屈膝下跪，不斷訴說不合理的請願。

最後詞窮時甚至拋棄面子，連連磕頭。

這一切——

「我一點也不覺得看不去。這是被戀愛蒙蔽雙眼了吧。」

安娜塔西亞不由得脫口說出自己的愛慕。

亞斯提回答：

「肯定是戀愛的關係。法斯特的那個模樣，將會透過法袍貴族與諸侯及其代理人，在大眾之間廣為流傳吧。」

「……他的評價會下降嗎？」

「如果尋常貴族做出這種事，只會得到『太難看了』的評語吧。」

亞斯提將雙腿踩在高腳椅上冷靜回答：

「不過法斯特不一樣。他是安哈特王國最強騎士，而且立下輝煌燦爛的功業。這可是如此英傑的作為。」

「眾人應該會有不同的反應吧。想必是毀譽參半。」

磕頭哀求。

甚至為此不惜流血，懇求女王陛下大發慈悲。

這算是不像樣的舉動嗎？

或是不惜如此也想挽救少女的性命？

違抗女王的命令算是不忠嗎？

或是心中懷有即便是女王命令也無法退讓的事物，認為他有所堅持？

換作是平凡騎士，只是說是恬不知恥。

然而換成法斯特這般英傑為了守護堅持而磕頭哀求的話，那又另當別論。

想必每個人的價值觀都不相同吧。

這將會成為討論的話題，無論是貴族在晚宴上爭論，或是平民在便宜酒館吵鬧的情景浮現腦海。

畢竟要砍下年幼孩子的頭顱，不管是誰其實都不願意。

即便那是女王的命令，即便對被砍頭的孩子而言是種名譽死法。

最後的結論只會反映每個人的立場與想法差異吧。

「在我們安哈特王國想必是如此吧。換作是維廉多夫呢？」

「在蠻族國度裡，當然會得到全面讚揚吧。」

最強的存在為了區區一名年幼少女，而且還是決鬥對手的女兒，為了替她求情不惜違反女王命令，不管看起來多麼難堪，終究還是顛覆這個結果。

在那個國度，這種行為只能說是無上的榮譽吧。

「真是麻煩的傢伙。」

「是群麻煩的傢伙啊。」

開懷大笑的亞斯提似乎終於恢復了。

「與維廉多夫的和平談判至今仍未結束。反過來入侵時做得太過火了。這可是妳的錯喔，趕盡殺絕的亞斯提。」

「才不是～只不過是以其人之道還治其人之身而已，我一點也沒做錯～」

雖然安娜塔西亞向亞斯提提出抱怨，其實她絲毫不在乎。

與維廉多夫的和平談判。

在維廉多夫戰役之後試圖締結停戰協定。

然而至今仍未實現。

總不能將長期駐守北方的王軍調往維廉多夫的國境線。

又要用五百名公爵軍與親衛隊對抗強大的蠻族嗎？

初次上陣時的確糟糕透頂。

為何非得與人數翻倍的千名蠻族交戰不可？

只要想到還要重複一次那種事，背脊就不禁發涼。

「……與維廉多夫的和平談判，無論如何都要成功。」

「雖說是蠻族，但是絕對會誓死遵守契約。一旦和平談判能夠成功，至少約定期間內絕對不會發生戰事。」

「為了達成目標——」

安娜塔西亞稍微遲疑，臉上掛著「唯獨不想說出這句話」的表情再度開口：

「有必要的話，必須派出法斯特擔任和平談判的使者。」

「……妳在開玩笑吧？」

亞斯提也擺出「唯獨這件事難以接受」的表情。

「法斯特絕對會被侵犯喔？絕對會被維廉多夫那群淫獸強暴喔？」

「維廉多夫雖然是蠻族，但是只有對於強者的尊敬值得讚賞。我想應該不至於做出這麼無法無天的舉動……」

儘管如此，還是無法斷言。

所以這是最後的手段。

真的是最後手段。

維廉多夫表示最高敬意的男人，不同於眼前這個滿腦子性欲的女人——人稱趕盡殺絕的亞斯提，他沒有參加對維廉多夫的復仇入侵。

法斯特與她們至今依然引以為傲的騎士——雷肯貝兒騎士團長堂堂正正決鬥，並且擊敗了她。她們給予法斯特「美麗野獸」這個名號。

讓法斯特・馮・波利多羅擔任和平使者與之談判。

安娜塔西亞真心煩惱著是否要採取最終手段。

第23話 薩比妮的誘惑

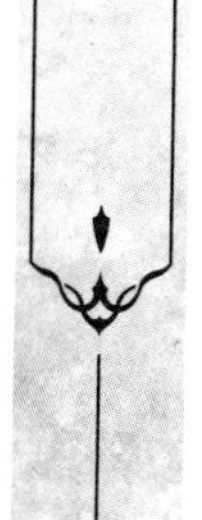

便宜酒館。

法斯特・馮・波利多羅正待在位於王都近郊的便宜酒館裡。

「唔嗯。」

坐在椅子上，看著自己的木杯麥酒。

幾天前為獎勵本次討伐卡羅琳的功績，舉辦了第二王女親衛隊的晉升典禮。

薩比妮晉升兩階，其他親衛隊員則是晉升一階。

本次舉辦在便宜酒館的聚會並非慶祝晉級。

而是為了弔奠戰死的親衛隊員漢娜。

我也同樣接到邀請。

「沒湊齊十五個杯子還是有些寂寞。無論如何就是會寂寞。但是也不能邀請瓦莉耶爾大人過來便宜酒館。想必你正忙著準備返回領地，雖然不好意思，可以請你當成追悼漢娜之死，一起參加嗎？」

在晉升典禮的回程，薩比妮對我提出邀請。

沒有理由拒絕。

畢竟我的身分是第二王女顧問，也參加過漢娜的葬禮。

……漢娜完成身為親衛隊的職責。

在本次瓦莉耶爾大人初次上陣，確實盡了她的職責，毫無疑問是個英傑。

「各位，我們的同胞漢娜過世了。她成為瓦莉耶爾大人的盾牌，挺身拯救了瓦莉耶爾大人。」

薩比妮脫下鞋子站在桌上開始演講。

酒館沒有提出抱怨。

這個便宜酒館今天由親衛隊包場。

十五名與會者一起出錢買下一整桶酒。

因為王室會支付賠償金，我原本說這次讓我付錢，但這似乎是親衛隊的習慣。

由於漢娜一直以來也是這麼做，因此希望這次也能按照慣例。

既然這麼說了，我也不好多嘴。

「真是教人羨慕的死法啊。這樣的死法絕非——」

薩比妮說到一半停了下來。

她在流淚。

薩比妮，那個危險人物正在哭。

難道是我看錯她了嗎？

那個危險人物似乎也懂得人情義理。

「絕不會忘了妳。」

薩比妮似乎在途中判斷要變更演說的台詞。

雖然非常明顯，但是所有人——除了薩比妮的十三名親衛隊，以及我都在默默傾聽。

「怎麼可能忘記。我們所有人一起去偷窺侍童更衣結果失風被抓，被瓦莉耶爾大人狠狠教訓。漢娜一面猛力踹著我的小腿，一面說都是妳害我被瓦莉耶爾大人罵，把怒氣發洩在我身上。我絕不會忘記當時的痛楚。那次真的好痛啊。妳明明也同意了啊。」

第二王女親衛隊平常都在做什麼啊。

「對於下流話題最為好奇，每當我詳細描述男性身體構造時，就不停使眼色催促我繼續說下去。那傢伙真的很喜歡聽人開黃腔。是我們之中最好色的。」

第二王女親衛隊到底幹了什麼好事啊。

「我不會忘記那傢伙的，現在想必置身瓦爾哈拉，身為光榮戰死的英靈得到女武神的名號吧。不過我們絕不忘記。那傢伙和我們一樣，都是無可救藥的大笨蛋。都是被旁人、被法袍貴族嘲笑的其中一人。至死不忘。」

第二王女親衛隊長——

薩比妮大人一面哭一面說。

「聽好了！我們同樣不知何時會死。我們第二王女親衛隊，將來也要為瓦莉耶爾大人鞠躬盡瘁。只要她下令去死我們就去死，只要她下令活下去，無論如何都要活下去。」

薩比妮大人不停流淚。

不理會臉上的眼水繼續演說。

在大眾之間，她是本次事件的功臣。

她激勵民兵召集志願者，讓瓦莉耶爾大人初次上陣得以勝利，是英傑頌歌的主角。

對於本人而言，恐怕已經成了痛苦的榮耀吧。

應該一輩子都忘不了吧。

我決定重新評估薩比妮。

就讓我收回之前向赫爾格抱怨的那句話吧。

現在的薩比妮已經不再是我討厭的人物。

「沒有得到瓦莉耶爾大人的許可便擅自死去，真是混帳。」

最後就連演說都稱不上。

這句話雖然像是抱怨，但是蘊藏著至高的親愛。

「夠了！無聊的演說到此為止！願漢娜今後在瓦爾哈拉與巨人英勇奮戰！乾杯！」

「乾杯！」

隨著薩比妮的演說結束。

包含我在內的十四人一同說聲：「乾杯！」

我不太熟悉漢娜這個人。

她挺身保護瓦莉耶爾第二王女殿下，光榮地完成自己的職責。我只知道這些。

不過她的人生，至少與第二王女親衛隊一同度過的時光想必十分幸福吧。

我有這種感覺。

在我一口氣喝乾麥酒之前。

「薩比妮閣下。」

「喔喔，波利多羅卿。今天真的非常感謝你能夠過來。」

薩比妮和我的木杯敲了一下。

「這不算是什麼開心的宴席吧。都是我勉強你的。真的很謝謝你願意過來。」

「不會，我也參加了漢娜大人的葬禮。」

她是個好女人。

真教人惋惜。

如果還活著，真希望她來當我的老婆。

但那已是無法實現的願望，再加上如果她沒有代替瓦莉耶爾大人而死，我大概也不會冒出這種念頭吧。

話說回來。

這次聚會，其實是受到從士長赫爾格建議：「請在第二王女親衛隊當中挑個最好的女人。我最推薦的是薩比妮大人。」我才過來參加的。

但是現在完全不是那種氣氛啊。

再者我也沒有那種心情。

今天是來悼念漢娜大人。

這樣就夠了。

今年就先放棄娶妻吧。

「我可以坐這裡嗎？」

「請便。」

薩比妮坐到我對面的位子。

第二王女親衛隊眾人紛紛談起有關漢娜的往事。

……薩比妮不加入她們沒關係嗎？

「薩比妮閣下，用不著招待我，不妨和其他親衛隊一同緬懷漢娜大人的回憶……」

「那些傢伙隨時都能聊。」

薩比妮喝了一口自己杯中的麥酒，吐出一口氣之後轉頭面對我。

「波利多羅卿要回領地了吧？」

「是啊，我要回去領地。」

軍務已經完成。

瓦莉耶爾大人的初次上陣也精采落幕。

無論是王室對領地的保護契約的義務，還是身為第二王女顧問的職責都告一段落。

那麼沒有理由繼續待在王都。

領民們也有家人在故鄉等候。

必須早點回去，投入領地的生產活動。

我的領地實在算不上富裕，但是因為這次王室代替波瑟魯家支付的獎賞金，今後十年將會變得更好。

這段時間就推動減稅政策，讓領民們安心工作，盡可能開拓田地吧。

我的腦中清楚浮現一整片美麗金黃的麥田。

「我想問一下。為何要為卡羅琳的女兒瑪蒂娜求情？」

「……妳不認同嗎？」

「不，漢娜的仇在瓦莉耶爾大人現場報仇時就已結束。我沒什麼異議。」

薩比妮先是提出質問，然後搖頭回答我的反問。

這次初次上陣都是因為卡羅琳，才會遇到這麼糟糕的狀況。為什麼要救她的女兒？

我原本以為薩比妮是對此感到不滿，然而並非如此。

的確，復仇早在瓦莉耶爾大人親自下手時就結束了。

「我想問的是有關波利多羅卿的尊嚴。我怎麼想都搞不懂。無法理解。這對波利多羅卿到底有什麼好處？反倒是欠了王室一筆人情吧？」

「……」

我沉默以對。

薩比妮果然大智若愚。

哎，毫無見識的愚昧演說家也很少見吧。

這傢伙究竟為什麼被老家放逐，進入第二王女親衛隊呢？

現在像這樣冷靜對話，看起來實在不像愚蠢的女人。

果然問題還是出在個性太過殘虐嗎？

不過這種印象也變淡了。

也許是經過初次上陣，她同樣也有所成長吧？

「……你不願意回答嗎？」

「不會，我就說吧。」

薩比妮大概把我的沉默當作不想回答吧。

老實說了吧。

反正只是酒席上的閒聊。

就算老實回答，對我也沒有任何壞處。

「……讓年幼孩子背負父母的罪過，就算生為藍血，妳不覺得這很沒道理嗎？」

「……」

到頭來只是這個原因。

如果瑪蒂娜不是年幼的孩子，我大概會真的砍下她的頭顱，守護騎士的尊嚴吧。

母親的騎士教育產生的藍血尊嚴，以及前世的現代人道德觀兩者神祕合體，合體之後的人格得到這般答案。

那個人格抱持的尊嚴所得到的結論。

「總之我就是看不過去。如此而已。」

「只有這樣嗎？」

「只有這樣。」

薩比妮露出幾分驚訝的眼神低語：

「波利多羅卿果然是個奇妙的男人啊。」

「我自己也這麼覺得。」

在這個世界上，不正常的人是我。

我擁有這個世界的常識。

但是在純粹的藍血世界裡，我總是顯得格格不入。

好吧，還是會找到妥協點活下去吧。

我輕鬆地如此思考。

「不過我並不討厭。也許我們出乎意料合得來喔？」

「妳想追求我嗎？」

我以開玩笑的態度回應薩比妮的話語。

因為那句話聽起來像是在搭訕。

「如果我說是的話呢？」

「……」

我愣住了。

她該不會真的想追求我吧？

在這個世界，至少在安哈特王國裡。

渾身肌肉、個子魁梧的我應該完全不符合主流審美觀。

不會吧。

「妳是看上我的財產嗎？話先說在前頭，只能得到人口不滿三百的小村莊的小騎士領主喔。」

「看在好不容易才從終身騎士升了兩階的我眼裡，已經是十分眩目的地位了。不過這次並非如此。我單純是指波利多羅卿合乎我的喜好。」

這傢伙是認真的嗎？

我因為出乎意料的回答而愣住。

赫爾格。我的從士長赫爾格啊。

我還沒去找妳最推薦的人選，對方就自己找上門來了。

雖然我不是第一次被人追求。

畢竟亞斯提公爵幾乎天天向我示愛。

不過她要我當她的情夫。

一提到亞斯提公爵，就聯想到這次的事。

我猜那個女人八成對瑪蒂娜灌輸了某些觀念，誘導她開口要求我為她斬首。

雖然下跪磕頭是自己的責任，但是那傢伙想必事先便猜到我會對女王求情吧。

就算是為了救瑪蒂娜一命，手法未免也太過骯髒。

我們自從維廉多夫戰役以來便有所交情，居然這樣設計我。

虧我把她當成一同流血流汗的戰友。

這個恥辱絕對不會忘記。

不過那個爆乳也確實教人惋惜。

因為我是擁有前世價值觀的男人，這也是沒辦法的事。

算了，現在先不提這個。

「波利多羅卿……對我這樣的女人沒興趣嗎？」

「……」

老實說，只要是豐盈的女性不管是誰我都喜歡。

吾乃胸部星人。

像薩比妮這種從衣服就能清楚看出胸型美好有如火箭的女人更是正中好球帶。

這個世界的女性容貌異樣亮麗，因此只要胸部夠大，無論是誰我都ＯＫ。

雖然我想說出真心話，但是在這個世界想必會讓人退避三舍。

只會被人當成生性淫蕩。

除此之外，還有身分的問題。

最起碼的條件是能以領主貴族的妻子身分，代替我執行軍務的人才。

嗯？現在的薩比妮好像還不錯喔？

而且赫爾格也大力推薦。

我一邊感到煩惱，一邊含糊回應：

「我不討厭就是了。」

「太好了。我是真的很開心喔，波利多羅卿。」

這是怎麼回事？

現在這是什麼狀況？

為什麼我會被曾經認為沒人性的薩比妮追求？

為什麼會為此感到動心？

誰來告訴我。

我該怎麼回答她才好。

我究竟該怎麼辦？

要求處男面對這種場合做出適當的應對，可以說是強人所難。

「波利多羅卿。我失去了摯友漢娜，但是同時也結識第二王女顧問。這也許是漢娜為我牽起的緣分。無論是第二王女親衛隊長，或者是薩比妮個人，今後還請多多指教。」

「呃，嗯。彼此彼此。以後請多指教。」

薩比妮與我握手。

我們的手掌都因為劍繭與槍繭而顯得很粗糙，但不可思議的是薩比妮的手感覺起來特別柔軟。

不行啊。

我的心已經逐漸偏向薩比妮。

「希望日後能發展出親密的異性關係。」

薩比妮閃爍欲望的目光射穿我的心臟。

這一定是因為我平常毫無異性緣。

一定是這樣。

或者是遭受亞斯提公爵的殘酷背叛，受傷的心靈正在渴求慰藉。

那個爆乳背叛了我。

我在懊惱的同時，因為薩比妮對我的甜言蜜語，以及衣物也掩蓋不住的堅挺胸部，逐漸讓我傾心。

金屬貞操帶下方的那個開始緩緩脹大。

我在心中默默唸出一如往常的禱詞。

為了除去胯下痛楚而誠心祈禱。

小兄弟好痛啊。

外傳 愛揉屁股的公爵小姐

大本營設置在距離維廉多夫與安哈特的國境線不遠的地方。

喬琪娜．馮．亞斯提躺在地上。

剛才被人狠狠揍了。

揍她的人不是站在一旁，身軀高大又一臉為難的法斯特．馮．波利多羅。

不是被她揉屁股的法斯特，而是屬下從士長赫爾格揍了愛揉屁股的公爵小姐。

「乾脆殺了吧。忍無可忍。」

赫爾格一邊吐痰一邊不屑說道。

手持長槍的波利多羅領民圍繞在亞斯提公爵身旁，彷彿馬上就要刺出槍尖。

如今還是交戰時刻。

安哈特與維廉多夫兩個國家。

兩個選侯國陷入雙方都無法收手的戰爭，正在傾盡全力爭奪領地。

明知如此，赫爾格卻如此唾棄。

她毆打了同陣營的亞斯提，還在她身上吐口水。

理由只有一個。

喬琪娜．馮．亞斯提這個女人，是個愛揉屁股的公爵小姐。

「等等，我能夠明白。一切都是亞斯提不好，不過希望妳先冷靜下來。」

如此辯解的人是安娜塔西亞．馮．安哈特。

她是戰爭當事國之一的安哈特第一王女。

如此尊貴的藍血，至高血統的人上人對於平凡的紅血平民表示認同。

她正為了亞斯提道歉，承認一切都是亞斯提不好。

至於亞斯提的過錯。

波利多羅這片土地的領民仰慕領主波利多羅家，而波利多羅家的末裔男子被亞斯提揉了屁股。

這理所當然稱不上是淑女的行為，也不是對待貴族男子應有的行徑。

彷彿當成賣春戶的賣春夫一般，揉了法斯特的屁股一把，因此侮辱了波利多羅領民的一切尊嚴。這件事完全是亞斯提不好。

無論看在誰的眼裡都是如此。

「絕對不可揉屁股。竟敢對騎士做出這種行徑，就等同於侮辱對方背負的領地、領民與祖先。」

安娜塔西亞早已經百般叮嚀。

身為與公爵家有血緣關係的王族成員，她已經告誡過亞斯提。

妳千萬不要亂來。

即使是尚存人的理性就應當明白的規矩，她依然對亞斯提耳提面命。

亞斯提也回答：我知道。

愛摸屁股的公爵小姐確實說過自己明白。

安娜塔西亞也一度感到安心。

「現在還在交戰喔。妳真的懂吧？」

儘管如此，她還是揉了屁股。

對象是在這場戰爭裡無人能出其右的功臣，也是最強戰力的法斯特。

戰爭雙方的戰死者已經破百，雙方都不可能退讓。

損傷太過慘重，若是不能勝利收場便無法保住面子。

因為處於這種狀況，安娜塔西亞才會百般叮嚀。即使如此，她還是使勁揉捏面對壓倒性不利的狀況，拚死奮戰的法斯特的屁股。

這就貴族的名譽而言無法原諒。

就算被殺也無法有所怨言。

「這不是我的錯。」

亞斯提開口狡辯：

「因為眼前有屁股。」

所謂的狡辯，就是開脫和找藉口。

為了掩飾錯誤與過失嘗試說明，其中絲毫沒有正當性。

「屁股就在眼前。那是法斯特的屁股。而且毫無防備。」

她的言論沒有半點正當性。

「這有什麼不對？至少錯不在我吧？」

亞斯提聲稱是法斯特的屁股不設防的錯。

「沒有防備的法斯特也有責任吧？」

這句話激起赫爾格以及仰慕法斯特的波利多羅領民的憤怒。

「殺掉她也沒關係吧？」

面對安哈特王國第一王女，照理來說甚至不允許攀談的赫爾格代表眾人發問。

因為正值戰時，赫爾格身為法斯特的從士長，擁有一定程度的發言權。

眾人認定亞斯提公爵的管理者是安娜塔西亞第一王女。

簡直是慘遭牽連。

雖然是親戚，但在安娜塔西亞心中，她甚至有些懷疑自己與亞斯提的血緣關係。

不過兩人同樣有著鮮豔的赤紅頭髮，這個不爭的事實殘酷地擺在眼前。

「稍等一下。」

雖然嘴巴阻止赫爾格的行動。

但是就在那個瞬間，安娜塔西亞認為殺掉也無所謂。

這樣的想法頓時掠過腦海。

按照道理來說，直接殺掉也可以。

她覺得大家應該都會認為「那是罪有應得」。

就算是亞斯提公爵的老家，得知實情之後大概也會對外聲稱：「吾女，公爵家嫡女在面對維廉多夫的戰爭最前線，身先士卒擔任指揮，英勇奮戰而喪命。」

大概會選擇就此息事寧人吧？

這種想法突然掠過腦中。

因為事實正是如此。

喬琪娜．馮．亞斯提這個女人，在戰場上擔任五百名公爵軍的最高指揮官，總是身先士卒，在戰鬥方面的英勇表現可以說是僅次於法斯特，確實立下戰果。

而且她甚至親自關心公爵軍每個士兵，告訴她們：「直到妳戰鬥的最後一刻，我都會烙印在眼底。」

這句話絕非謊言，她確實約定戰後的報酬，而且也與死者的遺骸一一握手，並且與她們的戰友約定，保證將她們的遺體送回故鄉安葬。

這些舉動的確值得尊敬。

「現在是戰爭時期，赫爾格與各位波利多羅領民想必也能明白，亞斯提是不可或缺的人才。」

就貴族而言、就軍人而言、就長官而言。

她確實是個傑出的人物。

但是她揉了法斯特的屁股。

這是個悲哀的事實。

如此有才能的貴族大人，恐怕找遍全安哈特都沒有第二個。

就連原本這麼認為的士兵們都不禁退避三舍。

為什麼這麼了不起的貴族，會有這種癖好。

安娜塔西亞試著為亞斯提辯解：

「亞斯提真的是個了不起的前線指揮官，用兵如神。若是沒有這個女人，這場戰爭必敗無疑。」

「就算她揉了屁股？」

赫爾格的語氣十分冰冷。

對於赫爾格與波利多羅領民而言，戰爭勝敗無關緊要。

法斯特是她們唯一的領主，就安哈特的審美觀而言甚至被視為醜男，但是這樣的法斯特為了不讓眼前的任何士兵戰死，不惜渾身沾滿鮮血與泥巴，氣勢高昂地在壓倒性的劣勢當中浴血奮戰。

即便武藝超群還是有其極限，肉體同樣會受傷也會流血。

沒有板甲保護，只有裝備簡陋的鎖子甲，法斯特的肉體已經遍體鱗傷。

確認沒有人戰死之後，鬆了口氣的法斯特對著每個領民一一稱讚她們的活躍。見到這樣的法斯特，無論哪個領民都是泫然欲泣。

如今他的屁股被人揉了。

簡直是奇恥大辱。

領民們不惜自己喪命也要殺掉這個愛揉屁股的公爵小姐，這也是人之常情。

「亞斯提，快點道歉。這個問題已經無關乎貴族或平民了。」

安娜塔西亞也認為到了這個地步，唯有真心誠意的謝罪才能得到原諒。

「視回答決定是否殺掉。」

赫爾格比起其他領民稍微冷靜一點，為了法斯特的名譽以及我方的內心安定，無論如何都要讓對方親口謝罪。

她認為這只是因為面對戰爭這種非常狀態，才會出現腦袋稍微不正常的傢伙。

實際上，亞斯提公爵待在法斯特身旁有如變態連連喘氣的場面並不稀奇。

然而過去的她還能勉強抑制自己的欲望。

「……」

愛揉屁股的公爵小姐緩緩挺起上半身。

下半身依然貼著地面的她說道：

「無論如何我都要說！難道法斯特就沒有責任嗎！」

亞斯提選擇狡辯。

「起初是法斯特主動抱住我的！不在乎彼此的血與汗水互相交融，也不管身上穿戴甲冑，口中說著：『妳還活著嗎？』緊緊擁抱我，確認彼此生還！」

法斯特與亞斯提之前都在最前線一起行動。

但是亞斯提出自戰術層面的判斷，決定讓超乎常人的法斯特拖延維廉多夫的兵力，自己率領騎兵突襲敵軍側面，迫使敵人潰敗。

她提出這種小規模的鍾砧戰術，並且成功實行。

揉屁股事件就發生在作戰成功返回大本營時。

「如果戰術稍有岔錯，我們兩人之一，或者兩人都已經喪命了吧！我的本能傾向為了生存用盡全力！就在這個時候，擁有如此美臀的心儀男性發自內心因為我還活著感到歡喜，緊緊擁抱了我！」

亞斯提還在狡辯。

「正如我剛才說的，我的本能完全傾向生存！當我處於這種狀態時，法斯特不假思索便抱住我，難道他就沒有責任嗎！」

所謂的狡辯，就是開脫和找藉口。

為了遮掩對自己不利的條件或過失進行說明，當中沒有任何正當性。

「有著那般美臀的法斯特真的沒有錯嗎！我對此提出質疑！」

我沒有錯。

沒有任何過錯。

亞斯提使勁挺起胸前的那對沒有意義的爆乳，如此吶喊。

這傢伙死定了。安娜塔西亞如此心想。

「把槍刺下去。不用客氣。」

明明自己先動手性騷擾，這種說法未免太過分了。

赫爾格也覺得之後的事怎樣都無所謂，只想殺掉這傢伙。

波利多羅領民表情因為憤怒而扭曲，打算刺死愛揉屁股的公爵小姐。

「等等！」

至今一直置身事外的性騷擾被害者法斯特出聲阻止。

對他效忠的波利多羅領民聽到當然也要停下動作。

「是我太輕率了。亞斯提公爵歷經激戰情緒昂揚，既然出自本能也不能怪她。」

安娜塔西亞、亞斯提公爵麾下的公爵軍，以及波利多羅領民無一不感到震驚。

這個人究竟有多麼善良啊？

眾人的臉上都寫著這個想法。

「不過，我只能夠私下原諒公眾場合以外的行為，既然在公爵軍與領民眾目睽睽之下做出如此行為，我也不能選擇私了。」

非常有道理。

愛揉屁股的公爵小姐的行為，在貴族之間很明顯是種侮辱。

儘管是公爵家對低階領主騎士做出的行為，也有能否寬恕的區別。

「因此，希望您提出悔過書與賠償金。」

法斯特有必要維持自己的面子，當然不能口頭說聲饒恕就此收場。

就妥協來說無從挑剔。

「抱歉，我愈來愈興奮了。」

亞斯提公爵低聲唸唸有詞。

明明揉了屁股卻得到法斯特溫柔原諒，讓她更加性致高漲。

安娜塔西亞第一王女聽見那句話，心想這傢伙還是死了算了。

雖然十分令人氣憤，但如果她真的死了，立場上最傷腦筋的人是安娜塔西亞，因此不能讓她真的被殺。

有可能輸掉這場戰爭。

總而言之，法斯特的提案真的很不錯。

負責公爵軍財務的紋章官立刻衝到現場，開始準備賠償金。

款項立刻結清。

費用部分

揉臀費

一、銀幣　參拾枚

紋章官遞出了紙和筆。

因為金額龐大，需要公爵軍指揮官的亞斯提公爵親自簽名。

話說回來，不應該寫「揉臀費」吧？

安娜塔西亞皺起眉頭，心裡想著「身為親戚真不希望這張紙流傳後世」。
如果安娜塔西亞是她的母親，知道女兒提出這樣的費用報銷，想必會選擇廢嫡。
然而亞斯提公爵早在十六歲時便繼承公爵家。
已經太遲了。
冷靜下來的亞斯提公爵拿起筆簽名，接著繼續低語：
「付錢了。付錢揉屁股這個事實也讓我感到興奮。」
這下子無可救藥。
這句話雖然傳進眾人耳中，但是已經不再氣憤，反倒懷疑這種怪物為什麼會誕生在公爵家中。
這樣的事實令人憂傷。
「銀幣三十枚！」
出賣神職人員、出賣贖罪主的金額！
身為叛徒的第十三名使徒一隻手拿著出賣贖罪主得到的三十枚銀幣，用了那筆錢買下田地。
愛揉屁股的公爵小姐一想到這裡便興奮不已。
真的是無可救藥。
「接下來是悔過書。」
紋章官遞出紙。

「我感覺開心起來了！」

雖然再三重複，總而言之就是無可救藥。

愛揉屁股的公爵小姐，總而言之就是個無可救藥的傢伙。

即便是平民，只要有能力、只要能展現才幹，她也會提拔為騎士，對於屬下拿出的成果給予發自內心的稱讚。

絕對不是壞人。

事實上，公爵軍的士兵之中甚至有三女以下以及平民，對於她們而言，的確是值得效命的主子。

只要屬下能夠立下功勞，她是個樂於褒獎的好長官，這點是所有人的共識。

確實是個了不起的貴族騎士。

「寫好了！」

話雖如此，也不應該揉別人的屁股。

剛才挺起上半身的亞斯提公爵站起身來，朗聲誦讀悔過書。

「悔過書！」

因為她太過於生氣勃勃，這點激起了安娜塔西亞的不安。

「首先在謝罪之前，我必須先表明對法斯特的愛。自幼見到安娜塔西亞的父親，也就是伯父羅伯特的臀部時，我就覺得很讚。現在回憶起來，那正是奠定人格基礎的關鍵。」

一開始還不算太誇張。

她陳述自己對安娜塔西亞的亡父，而且是自己的伯父有過性興奮。

雖然之前便已知情，但是安娜塔西亞實在不想親耳聽見。

「我身為一個女人，對男性懷抱非常普遍的性欲，偶爾也會盯著侍童的屁股看。當時必定繼承公爵家的我身旁有無數男人環繞，但是無論我仔細端詳誰的屁股，都覺得哪裡不太對。那些都不是理想中的屁股。」

雖然原本就知道，但是真不想聽她公開自己的癖好。

「時間流逝，我很快成長到十六歲。當時的我已經理解。回想起來伯父羅伯特是位體格高大而且肌肉壯碩的男性，那樣緊繃結實的屁股想必世上少有吧。」

安娜塔西亞的視線掃過身旁眾人。

每個人眼中都浮現悲傷的神色。

大家都漸漸覺得無所謂了。

「就在此時，法斯特這個男人出現了。他是名身高超過兩公尺，體重一百三十公斤，渾身滿是經過鍛鍊的肌肉的超人騎士。打從第一眼見到他就感到一見鍾情，甚至認為這是命中注定的相逢。」

愛揉屁股的公爵小姐已經把主旨拋到腦後。

這已經不是悔過書，只是公開自己的癖好。

「我想有朝一日要讓他在我的胯下擺腰。我想讓這個美臀男子扭腰擺臀。」

也用不著說兩次吧。

完全是被害者的法斯特甚至覺得有點退縮。

「等到這場戰爭結束，我打算動用公爵家的所有權力實現我的想法。對於懷有這種想法的我，法斯特輕率地抱住我，關於這部分他也有責任，希望他懷著揉一下屁股價值三十銀幣的男性自豪，今後作為我的情夫度過一生。我認為這麼一來任何人都能獲得幸福。」

在愛揉屁股的公爵小姐眼中，法斯特的屁股和贖罪主的價值相同。

這樣的內容已經不是什麼悔過書。

「署名！喬琪娜．馮．亞斯提！」

說完這句話的同時，猛烈的一擊從側面襲來。

安娜塔西亞的忍耐到了極限。

「妳乾脆去死吧！」

安哈特王室第一王女安娜塔西亞的大喊空虛迴盪著。

到頭來，愛揉屁股的公爵小爵直到最後的最後都沒有誠心道歉。

不過眾人都覺得她已經無可救藥，放棄繼續追究。

能夠糟到這個地步反倒讓人敬佩。在場所有人都是這麼想的。

大家甚至不由得感到佩服。

外傳 瓦莉耶爾IF 幸福結局

契機只是非常瑣碎的小事。

就像是樂曲的主旋律稍微漏拍，或者像是蝴蝶振翅最終引起龍捲風，我甚至覺得未來明顯改變了。

十之八九是在那個時候吧。

在瓦莉耶爾大人的初次上陣時，率領死傷者返回王都的途中，我發現了野花花叢，稍微摘了幾朵花。

樸素且平凡無奇，一朵大概不值一個銅幣的甘菊花。

以粗獷的手指笨拙地一一摘起，內心對於靜靜綻放於此的小花有些歉疚。

我捧起那把香氣類似蘋果的野花，走向那名付出生命盡到親衛隊職責，臉上長著雀斑的女性，小心翼翼地獻給她的簡樸棺材。

隨後與薩比妮大人簡單交談，再度回到瓦莉耶爾大人身旁時。

就在這時，我聽見了瓦莉耶爾大人的聲音。

那個聲音非常細微，憑藉著我超越常人的聽覺才能勉強聽見。

「謝謝。」

彷彿是對這一切表示感謝的音色。

像是將我的行為視為某種極為尊貴的情景，一邊露出憂傷的微笑一邊道謝。瓦莉耶爾大人當時的臉龐給我留下深刻的印象。

也許真的只是瑣事。

因為如此細微的契機，蝴蝶振翅引發龍捲風。

那個憂傷的笑容讓我不禁「怦然心動」。

於是眼前的世界全部顛覆了。

我一直將這種事視作不可能的玩笑，然而未曾料到的現實擺在眼前，讓我不禁沉思。

一名女性懷裡抱著正在喝奶的嬰兒。

身高不到一百四十公分的女性。

那個身材說是矮小也不誇張，和她的姊姊與母親相比，胸部單薄到彷彿尚未發育。

不過其他部位倒是挺豐滿水嫩，要說是不曾經歷過辛勞的幼童肌膚也不為過。

明明已經過了二十歲。

不過老實說，看在我的眼中——

從十四歲那時相比，簡直沒有任何成長。

雖然人格方面有了明顯成長，但是胸部和屁股都很單薄，維持可悲的少女體型。

與我對女性的嗜好——高挑加巨乳完全相反的少女體型。

畢竟是莉澤洛特前女王陛下的女兒，也是當今女王陛下安娜塔西亞的妹妹，難道就不能稍微像一點嗎？我也想要這樣抱怨。

關於血統的影響，除了美麗的紅髮之外完全找不到。

「漢娜今天心情也很好呢。」

明明已經生下孩子，眼前這名女性，也就是我的妻子兼前安哈特第二王女殿下瓦莉耶爾的外觀沒有任何改變。

見到她的人應該不會覺得她生過孩子吧。

看著她哄著嬰兒的模樣，讓我如此心想。

再次重申，人格的確有長足的成長。

打從六年前初次上陣後，莉澤洛特女王陛下開始將王室的部分工作交給她，不管接到什麼工作都卯足全力。

像是代表王室拜訪除了軍務與領主接替以外，不願到王都露臉的頑固騎士領主。或是面對數十名山賊的小型衝突，調解騎士領主間的領土糾紛，為了解決這些小問題，我也時常受到動員。

「漢娜的心情總是很好。」

我溫柔地守候長女漢娜。

我不會摸她的頭。

長女名字就與瓦莉耶爾初次上陣時戰死的女性相同。女兒好像不喜歡我這雙滿是劍繭與槍繭的粗糙手掌。

只要摸她就會覺得癢。

我拋開這個念頭，繼續回想往事。

還不錯。

我本來就不討厭瓦莉耶爾大人，而且也收到王室撥下的特別輔助款，所以她在初次上陣後開始發揮身為第二王女的政治實力，對我來說百利而無一害。

不知何時開始，她甚至能夠動員其他領主騎士，因此我也多了幾名貴族戰友。

我在安哈特王國的立場逐漸得到改善。

所以對我而言，要長久守護這個對我來說無可取代的小波利多羅領，增進與瓦莉耶爾大人的關係有益無害。

不過我也知道這樣的日子總有一天會結束。

終究無法永遠持續下去。

「我想差不多該結婚了。」

自從瓦莉耶爾大人初次上陣之後照顧了她兩年，二十四歲的我口中唸唸有詞。

畢竟我來到王都結識其他貴族，目的並非為了替王室或是瓦莉耶爾大人做牛做馬。

而是為了老婆。

為了娶妻。

既然瓦莉耶爾大人累積了政治實力，幫我找個願意幫我生孩子的妻子也無妨吧。

最好是個美女。

模特兒體型的高挑女性更好。
如果可以的話，拜託胸部大一點。
如果允許我再任性一點，那麼我要爆乳。
我的真心話是我喜歡大腿很粗，而且胸部超大的女性。
簡單來說就是與妳完全相反的女性。然而這種話當然說不出口，只是單純向瓦莉耶爾大人求助。
瓦莉耶爾大人的容貌體態與我的興趣全然相反（矮個子貧乳蘿莉體型，當時十六歲），她是這麼回答的。
「也對，差不多是時候了。」
「喔？」
妳終於願意幫忙了嗎？
瓦莉耶爾大人終於要用累積至今的政治實力為我安排婚嫁。我在嘆息的同時也不禁心生感謝。
「和我結婚吧，法斯特。我會放棄第二王位繼承權，前往你的領地。那些親衛隊也都順利晉升了。薩比妮也成為世襲騎士，大家的將來可以放心了吧。」
她突然說出這種怪話。
這傢伙在說什麼啊？
這是我當時真切的想法。

「呃，不……」

我不要。

當時我差點就說出真心話了。

不知為何，那句話就是說不出口。

奇怪，我真的不願意嗎？

我確實認為眼前這個蘿莉是個與我的癖好八竿子打不著的可悲存在。

我甚至不曾把她當成異性。

感覺不到那種價值。

但是我對瓦莉耶爾大人這個人確實抱有好感。

從瓦莉耶爾大人十四歲累積至今，對於她這個人的好感。

「姊姊大人和我約定好了。在我離開之後，她還是會交代工作給第二王女親衛隊，不會刻意冷落她們。姊姊大人即將繼任女王陛下，我身為替補的職責也告一段落。我得考慮日後的去向。如果成為法斯特的新娘，以名為瓦莉耶爾．馮．波利多羅的領主騎士而活，姊姊大人說她不打算阻止我。」

王室擅自了決定這些事嗎？

完全沒有取得我這個領主騎士的同意。

「姊姊大人還說既然法斯特要迎娶瓦莉耶爾，當然也會提供波利多羅領金錢與物資方面的援助。當然了，我不會因此干涉你經營領地。你可以單純把這當成王室提供的補貼。所以希望法斯特能真心理解安娜塔西亞是個善良溫柔的女性。」

不過條件非常優渥。

不干涉領地的經營，單方面給予支援，那麼我也應當樂見其成。

只不過其中參雜了奇怪的發言。

因為安娜塔西亞大人看起來嗜食人肉，我一開始也以為她是個恐怖的女性。

現在的我明白完全不是那樣。

「難道我不行嗎，法斯特？」

我稍微考慮一下。

坦白說，除了和我的癖好完全不符之外，條件非常優異。

雖然放棄繼承權，但是王室血統將會與波利多羅家結合。

高貴的血統在貴族社會有其價值。

瓦莉耶爾大人也不再是初次上陣時那個沒有自信也不可靠的少女，現在已經是受過高等教育，同時累積實戰經驗的成熟女性。

初次上陣至今過了兩年，她與許多貴族建立人脈，在社交層面早已明顯超越我。

就身為領主騎士的綜合能力來看，已經比我更有才能。

我負責上戰場，瓦莉耶爾大人經營領地。

只要兩個人一起努力，領地肯定能蓬勃發展吧。

關於這點毋庸置疑。

「……」
稍微思索。
然而已經得出結論。
瓦莉耶爾大人的手有如害怕的貓一般顫抖，這一幕映入我的眼簾。
啊啊，不行了。
光是這樣我就無法拒絕了。
到頭來我就是喜歡這個人，喜歡這個名為瓦莉耶爾的少女吧。
雖然不討厭，但我一點也不喜歡不符癖好的貧乳蘿莉。
我在腦中好幾次如此呢喃，試圖欺騙自己。
但是到頭來還是騙不了自己。
儘管與以前不同，生性怯懦的她究竟得拿出多大的勇氣才有辦法開口告白？
一想到這裡，我就再也無法找藉口。
「瓦莉耶爾大人，不，請容我稱呼妳瓦莉耶爾。」
「怎麼了，法斯特？」
到頭來，無論如何我都無法捨棄這名少女。
如果她要我去死，我大概真的會去死吧。
若是她陷入危機，我大概赴湯蹈火在所不辭吧。
即便是要衝向千軍萬馬，或者是地獄沼地都無所謂。

既然能夠讓我做出這種事，就想永遠和她在一起。

直到進入墳墓。

「可以請妳與我，法斯特・馮・波利多羅結婚嗎？我希望和妳一起共度人生。最後長眠於同一座墓穴，永遠和妳在一起。」

既然我都這麼認為了，那麼就不該讓女性開口告白，而是由我提出請求。

即便生於這個貞操觀念逆轉的世界，這也是我無法退讓的尊嚴。

瓦莉耶爾接受我的告白，我們就此決定結婚。

在那之後，轉眼間過了四年。

我迎娶瓦莉耶爾這名女性為妻。

身上流著我的血的波利多羅家繼承人——漢娜誕生了。

領地經營一帆風順，金黃色麥田閃閃發光。

我感覺到十分幸福。

照理來說理當心滿意足。

唯獨一點。

只有一件事我想抱怨一下。

「這樣大概不夠乾脆吧。」

我確實深愛妻子瓦莉耶爾，也認為她是陪伴我一輩子的伴侶。

不過卻是貧乳蘿莉。

撇開這些事不談，終究是貧乳蘿莉。

我喜歡的是大腿很粗，胸部很大的女性。

唯獨這個癖好無法扭轉。

容我再度重申，我的人生十分幸福。

我承認這一點。

但是我想蒙受神的恩寵。

想蒙受胸部大神的恩寵。

「法斯特，話說我有件事想問你。」

瓦莉耶爾像是突然想到什麼。

我一面懊惱一面回答：

「什麼事？」

「最近姊姊大人和亞斯提公爵生的孩子，是不是和你有點像啊？」

當然像啊。

因為真的是我的孩子。

我險些脫口說出事實，然而根本沒有這個必要，當她提問之時就等於穿幫了。

我知道瓦莉耶爾不會因為這件事生氣。

畢竟在這個男性人數稀少的世界，多名女性共享一名男性絕不稀奇。

只要有正妻的許可，就不算是不忠。

「我明明跟那兩個人說過不要對法斯特出手了。好吧，我也知道就地位來說沒辦法拒絕。但是你好歹有抗拒吧？」

看來瓦莉耶爾也很明白。

我為了執行軍務前往王都，在瓦莉耶爾守護心愛的領地時，受邀前往兩人的寢室，事情就這麼發生了。

無論如何都無法拒絕。

正確來說，我這個渴求巨乳的男人怎麼可能拒絕。

「我們一直喜歡你。過去實在太拐彎抹角。根本不需要什麼藉口！讓我們兩個上！」

兩名美乳與爆乳的美女如此逼迫我，如果還能拒絕那就不是我了。

權力關係之類的問題，早已被我拋到腦後。

希望能得到諒解。

我不禁說出這種話。

「呃，我本來就知道她們也喜歡妳，算了……就算這點勉強可以接受，話說薩比妮也寄信通知我她懷孕了。嗯，這件事本身是值得開心啦。我還是姑且問一下，為什麼她給女兒取的名字是瑪麗安娜呢？那是上一代波利多羅卿的名字吧？她都做到這個地步了，我當然也看得出來喔？」

薩比妮為我的孩子取了母親的名字。

關於這點只能說是莫可奈何吧，或者該說是那個金髮火箭乳不好。我的意思是堅挺有如

火箭的胸部理所當然教人無法招架。

胸部之神為了賜福予信仰深篤的我，時時刻刻從天上關照我。

不是我的錯。

薩比妮把我拖進寢室，在我耳邊說聲：「欸，要不要稍微背叛瓦莉耶爾大人？她一定會原諒的喔。」如此一來我也無從抗拒。

我們兩個都因為背叛瓦莉耶爾，興奮到幾乎快要發狂了。

彼此都體驗了這輩子最棒的性興奮。

這是無可奈何的人性。

我如此解釋。

「我可以揍你吧？不，真的可以揍下去吧？畢竟薩比妮是孕婦不能揍她，但是法斯特就算被我痛毆一頓也不能怪我吧！」

「對不起，請儘管揍我。」

確實是我的錯。

到頭來，做人不夠乾脆不是件好事。

將一切開陳布公，正式承認那三人的孩子身上流著我的血，特別是薩比妮那件事，我就連同她的份一起道歉吧。

老老實實讓瓦莉耶爾痛毆一頓吧。

就讓她揍到滿意為止吧。

「不過在那之前，讓我說一句話就好，瓦莉耶爾。」

「還有什麼話好說！」

瓦莉耶爾叫來從士長赫爾格，將還是嬰兒的漢娜交給她照顧。

隨即轉身看向我，直直瞪視我的臉。

不管怎麼看，我的愛妻就是矮小貧乳的蘿莉體型，打從十四歲至今毫無成長。我對著她如此說道：

「儘管如此，我是真心愛著瓦莉耶爾。」

「唯獨這點我還相信。我會跟你埋在同一個墓穴，永遠陪伴你。」

瓦莉耶爾的表情像是憤怒也像是在笑。

她露出複雜的表情，承認了這件事之後——

「即使如此還是要揍你。」

「嗯，我想也是。」

她開始動手毆打我。

後記

首先要感謝購買閱讀本書的各位讀者大人，在此致上最深的謝意。

自從過去就為我加油的人想必也知情，本書是網路連載小說的書籍化作品，居然會得到足以出書的人氣，就連作者自己作夢也沒有想過。畢竟這完全是出自興趣與癖好，一開始就沒有任何大綱寫下的作品。

這當然也是我第一次出書，不知所措的我時常感到混亂，但是多虧有責任編輯大人很有耐心地陪伴，以及在出版宣傳等層面為了本書努力的出版社眾人，以及我原本以為大概會被拒絕，卻一口答應繪製插圖的「めろん22」老師，請容我藉此機會致上深深的謝意。

真的非常感謝各位。

那麼本書已經盡可能塞滿所有篇幅，後記只剩下一頁可用。

雖然只是道謝就結束了，不過本書出版時網路版的進度仍大幅超前，有興趣的讀者敬請前往閱讀。

如果本書有幸可以推出續集的話，希望各位繼續陪伴網路版內容大幅修正並添加篇幅的法斯特・馮・波利多羅卿的騎士人生。

還請多多指教。

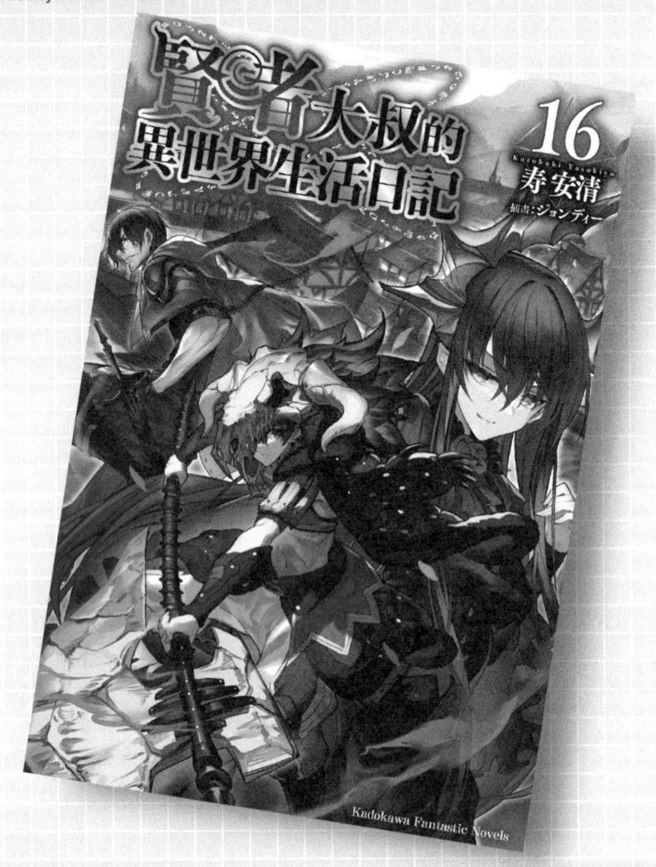
賢者大叔的異世界生活日記
16
Kotobuki Yasukiyo
寿安清
插畫:ジョンディー
Kadokawa Fantastic Novels

公主騎士的小白臉 1 待續

作者：白金透　插畫：マシマサキ

以道德淪喪的迷宮都市為舞台，
描述一名「小白臉」與其飼主的生存之道。

這裡是灰與混沌的迷宮都市。公主騎士艾爾玫矢志復興王國，征服迷宮。而大家都批評賴在她身邊的前冒險者馬修是個遊手好閒的軟腳蝦，還是會跟女人拿零用錢喝酒賭博的小白臉。可是，這座城市沒人知道他的真面目，連公主騎士殿下也不知道——

NT$260/HK$87

國家圖書館出版品預行編目資料

貞操逆轉世界的處男邊境領主騎士/道造作 ; 陳士晉譯. -- 初版. -- 臺北市 : 臺灣角川股份有限公司, 2023.09-

冊 ; 公分. -- (Kadokawa fantastic novels)

譯自 : 貞操逆転世界の童貞辺境領主騎士

ISBN 978-626-352-907-6(第1冊 : 平裝)

861.57 112011248

Kadokawa
Fantastic
Novels

貞操逆轉世界的處男邊境領主騎士 1

（原著名：貞操逆転世界の童貞辺境領主騎士 1）

2023年9月6日　初版第1刷發行

作　者：道造
插　畫：めろん22
譯　者：陳士晉

發行人：岩崎剛人
總編輯：蔡佩芬
副主編：楊鎮遠
美術設計：黃永漢
印　務：李明修（主任）、張加恩（主任）、張凱棋

發行所：台灣角川股份有限公司
地　址：104台北市中山區松江路223號3樓
電　話：（02）2515-3000
傳　真：（02）2515-0033
網　址：www.kadokawa.com.tw
劃撥帳戶：台灣角川股份有限公司
劃撥帳號：19487412
法律顧問：有澤法律事務所
製　版：巨茂科技印刷有限公司
ISBN：978-626-352-907-6